下堂妻幫夫改命 下

風文創 1123

樂然 著

目錄

第十六章

眾人吃過飯後天色已經晚了，傅新雅去看了看傅山，順便將今天的事情告訴他，傅山也十分感慨，晏家二兒媳婦居然是妻子年輕時的閨密。

如果他今日沒有救晏修同，大概妻子和鍾思潔在一個村子中也不會相遇，這都是緣分。

傅新雅看過傅山後，打算告辭回去了。她現在已經認得晏家每一個人，臨走前，她問程稚清。「小清啊，我家傅山什麼時候能回家？」

「至少要一個月吧，明日斷腿重新接過後，最好就不要移動了。」

傅新雅一聽一個月不能回家，要麻煩晏家許久，她又問道：「那能不能今晚回去，明天在我家接骨？」

白舒雲一聽。「回去做什麼，傅山在我們這邊多得是人照顧，我們照顧一個人是做差不多的事，多一個人也只是順便，像熬藥就能夠一次煮，可方便了。妳在家中要照料孩子，多得是忙不過來的時候，妳一個弱女子怎麼搬得動他一個大男人，妳說是吧？」

傅新雅一想也是，便沒有再推辭，帶著兒女回家了。

鍾思潔和晏修景送他們回去，晏修景抱著犯睏的傅安和，將他們送回村子中。

「好了，已經到了，進來坐坐吧。」傅新雅請他們到屋中坐。

晏修景將已經睡著的傅安和交給傅今瑤，讓她先帶著傅安和進屋睡。

傅安和就算睡著了，手中也緊緊抓著晏承安送他的小玩具。

晏修景從懷裡拿出他們賣狼的銀票，一共二百兩，他取了一百兩給傅新雅。「這妳拿著。這是今天傅山和修同在山上打獵所得，一共二百兩。他們今日在山上獵了十六頭狼，要不是皮毛都損壞了，賣的價格還能更高。」

傅新雅不肯收下這麼多銀子，傅山拜託晏家醫治又是請晏家照料，已經是天大的恩情了。

「這我不能要，你們快拿回去。」傅新雅堅定推辭。

鍾思潔跟著勸道：「收下吧，妳不收，我家小叔也是要給你們家傅山的。」

「那就等傅山自己決定，我不收。」

鍾思潔見她如此堅決便沒有再勸了。

反而是傅新雅勸道：「快回去吧，天色這麼黑，妳還有身孕，快些回去休息。」

鍾思潔走之前藉著月光看了看這個破敗的小院子，心中有些難受，但她沒有多說什麼，畢竟他們家也沒有多餘的地方能夠住了。

程稚清在廳房休息，她怕今夜受傷的兩人會發燒，便在廳堂候著，以備不時之需。

晏承平陪著程稚清留在廳堂中。

昏暗的燭燈下，程稚清覺得和晏承平兩人待在一起怪尷尬的，她突然開口。「那個……今天謝謝你救了我，要不是你，被抓傷的人就是我了。」

晏承平手裡拿著一本書，很專心的樣子，他淡淡回了一句。「不用。」

程稚清看著晏承平開口勸道：「你回去休息吧，我一個人在這裡就可以了，不用你專門陪著。」

「妳回去，我看著他們有沒有發燒，我怕承淵睡過去就不管他們了。」

晏承平沒有理會程稚清，程稚清見狀也不敢多說什麼。

突然，程稚清突然聞到一股淡淡的血腥味，她猛然想起什麼，看向晏承平。「你是不是還沒有上藥？」

晏承平抬頭看了她一眼，眼中盡是複雜之意。「沒有必要，一點小傷而已。」

程稚清瞬間有些生氣，她走到晏承平身後，他還是穿著上山的那一身衣服，因為衣服是黑色的，所以看不出來是否有血跡。

程稚清伸手直接抓住他的衣領，就在晏承平還沒有反應過來時，「嗤啦」一聲，他的衣服直接被撕下了。

這一切來得太突然，晏承平根本沒想到程稚清居然會這樣做。
晏承平傷在肩膀下，狼爪的抓痕深可見骨，現在還滲著血。
他愣在原地未開口，程稚清先開口罵道：「你還說小傷，這是小傷嗎？都能看見骨頭的小傷？你這人是不是沒死都叫小傷？」
晏承平被程稚清罵到沒脾氣，背對著程稚清，無奈道：「妳……妳一個女孩子怎可直接撕扯男人衣物？」
他說完許久沒有聽到程稚清的回話，轉過頭一看，程稚清早就不在了，他剛想起身將身上的破衣服換下，立刻被程稚清制止。
「別動啊，你這人怎麼不把傷當作一回事，我替你處理一下。」程稚清端著一盆稀釋過的靈泉水進入屋內，將水盆和藥粉放在桌子上。
晏承平一聽又乖乖坐回去，一動也不敢動。
程稚清先拿一塊布浸濕擰乾後，輕輕擦掉晏承平傷口處多餘的血跡。
程稚清的動作輕似羽毛，拂過晏承平的心，讓他的呼吸有些急促。
程稚清以為他很疼卻又不好意思說：「是不是很疼？我輕點，很快的，你忍一忍。」她快速擦乾淨後，輕輕吹了吹傷口處，拿藥替他敷上。「行了，這兩天不要碰水。」
晏承平冷不丁防道：「妳弄壞了我的衣服。」

程稚清看著他後背一大塊被扯壞的布料，有些尷尬，她剛才太心急了，沒多想就直接動手，她擺了擺手，心虛道：「大不了我賠你一套。」

「我還救了妳，救命之恩怎麼還？」晏承平忍不住試探了一次。

救命之恩，以身相許。她明白晏承平想說什麼，可她一點也不想以身相許。

程稚清小聲試探著。「給……給你銀子？你說吧，你想要多少？」

「我不要錢。」

程稚清耍無賴。「我只有錢，你不要，我也沒辦法了。」

晏承平一把拉住程稚清的手，將她摁在眼前的座椅上，雙眼直勾勾地盯著她，一字一句道：「救命之恩，以身相許。」

程稚清看著他的眼神，慌亂地甩開晏承平的手，頭轉向另一邊不去看晏承平的神色。

「什麼以身相許，我沒聽過。」

晏承平站起來，走到程稚清面前，雙手搭在她的肩膀上，迫使她面向自己。「既然妳沒聽過，那我以身相許好了。」

程稚清聽到這話瞬間紅了臉，低著頭咕噥著。「我又沒救過你，你以身相許什麼？」

晏承平抬起她的臉，讓她看著自己，臉上寫著認真，眼裡帶著溫柔。「妳母親曾經救過我，加上妳多次救我家人性命，難道這不是天大恩情嗎？」

程稚清一歲時生了一場重病，找了多少大夫都沒有用，程書楠便去佛山寺為她祈福。她在佛山寺恰好遇到被人追殺的晏承平，程書楠冒著生命危險救下他，他們兩家的親事便因此定下來。

程稚清看著晏承平眼中嵌著溫柔，自己小小的身影在他眼中似乎就是唯一，她不由得心跳有些加快。

她察覺到自己過快的心跳，不斷警告自己——晏承平可是大魔王啊，把妳做成人彘的大魔王啊，妳不能陷進去啊……

想到這裡，她一哆嗦讓整個人清醒許多，她一把推開晏承平，跑向自己的房間。「他們晚上如果發燒了再叫我，我先回去睡了。」

晏承平看著她跑開的身影，顯然有些失落。既然程稚清已經走了，他也沒必要逗留在廳堂，也回了房。

晏承淵沒有睡，看到晏承平身後衣服破了一大塊，笑出聲。「哥啊，你這是什麼？最新潮的乞丐裝嗎？」

晏承平剛被程稚清拒絕，心裡不太痛快，現在又被晏承淵調笑，他一個冷眼看過去。

那眼神似乎帶著冷箭，一下就要把他射穿，晏承淵立刻捂住嘴巴，乖乖表示自己不說話了。

晏承平換完衣服後，便和晏承淵輪流守夜。

半夜，傷者真的發燒了，晏承平和晏承淵照顧他們，給他們冷敷降溫，很快就不燒了，倒沒有麻煩程稚清。

第二天一早，晏修同終於醒了，他一睜開眼看到的就是他娘紅著的眼眶和腫著的眼睛。

「娘，我沒事了，您別傷心。」晏修同啞著嗓音道。

白舒雲看著晏修同終於醒來而有些激動。「醒了啊，餓了沒？鍋裡有熱粥，娘端來給你。」

晏瀚海牽著晏承安也進來了。「你這臭小子總算醒了，你知不知道你娘有多傷心？」

晏承安爬上床，小心翼翼地摸著晏修同沒受傷的那邊臉，嘛起嘴巴，湊近臉給他呼了呼。「小叔，你還疼不疼？我給你呼呼就不疼了。」

晏修同看著晏承安小心翼翼的動作，笑道：「哇，承安的呼呼真的好有用，本來小叔有一點點痛，承安呼呼了馬上就不痛了。」

晏承安聽到晏修同這麼說很開心。「真的嗎？那小叔痛的時候叫承安，承安給你呼呼。小叔可要快點好起來陪承安玩，承安把玩具都讓給你，再也不欺負你了。」

晏修同聽著晏承安的童言童語，眼眶有些濕潤，他這次的任性把家人都嚇到了。「承安說把玩具都讓給小叔玩，小叔可記住了啊！承安要是說話不算話就是小狗。」

晏承安一副小大人的模樣，拍了拍自己的胸口。「承安現在是大人了，才不會說話不算話。」

晏瀚海在一旁看著，忍不住說了句。「這麼大的人了，還沒有一個三歲的娃娃乖。」

晏修同沒有反駁他爹的話，認真地看著他爹。「爹，是我錯了，不知道自己幾斤幾兩就胡亂上山，還連累了傅大哥和稚清。」

晏瀚海還以為晏修同聽到這話會和他頂嘴，沒想到居然是道歉，他不太習慣，還是嘴硬。「等傷好了，就趕緊給我跟著你大哥練武，我兒子連區區幾隻狼都打不過，算什麼樣子。」

晏修同本來就是這麼打算，他看著他爹彆扭的模樣，應了句好。

晏瀚海覺得自己兒子有點不正常，被他罵了還這麼開心，他趕緊抱起床上的晏承安跑了出去。

晏修同看著他爹落荒而逃的背影覺得有些好笑。

程稚清跟著白舒雲進來，替晏修同察看了傷口。「傷勢已經穩定了，養一個月就能好得差不多了。」

看完後，程稚清出去了，她要去準備待會兒幫傅山重新接骨的東西。

晏修同這時候才想起傅山，問道：「娘，傅大哥怎麼樣了？」

白舒雲好笑地看著他。「小傅就躺在你身邊，人家小傅傷得可比你輕多了，不過這一個月，你們還是要躺在床上當病友。」

晏修同一聽有些著急。「傅大哥怎麼了？不是說傷得不重嗎？怎麼也要躺一個月？」

傅山在一旁樂呵呵笑道：「小清說我的腿要打斷重接，不然以後會成瘸子。這重新接過，起碼要一個月不能下床，可不就是陪著你躺一個月？」

晏修同這才放下心來，如果是為了他受傷而躺一個月，他大概會內疚死。

晏修景也帶著銀子來了。「小弟，這是你們帶下來的十幾頭狼，我和大哥昨日帶去賣了，一共二百兩。」

「二哥，你幫我將一百兩給傅大哥吧，我昨日說好了，要跟他平分的。」

「不行，不行，這我不能收了，未來一個月我還要在你家休養，我怎麼好意思收你的銀子。」傅山一聽急壞了，連忙拒絕。

「我們一起獵到這些狼，沒有你，我早就死了。不然這樣，你收五十兩，另外五十兩就當作是在我家的住宿費、伙食費，這樣總行了吧？你可不能再拒絕了。」

晏修同怕他還拒絕，主動幫他找了理由，讓傅山在晏家住得沒有負擔。

晏修景看著晏修同的舉動，感慨小弟受了一次傷就成長許多，竟然會為別人著想了。

他直接將銀票塞到傅山手中，轉頭對晏修同道：「小弟，你的那份就先給娘保管了。」

傅山看著晏修景直接離開，沒有多說什麼，他再拒絕就顯得有些矯情了。

稍晚，傅新雅帶著孩子來探望傅山，陪著他說一會兒話，就出去了。

因為程稚清說療程要開始了。

傅新雅不敢看，也怕兩個孩子會影響程稚清，就帶著他們出去。

鍾思潔陪著他們說話，她看著傅新雅蒼白的臉，安慰道：「沒事的，小清醫術很好，別怕。」

傅安和才四歲，他什麼也不懂，看過他爹後就開開心心地跟著昨日剛認識的小夥伴一起去玩了。

程稚清避開晏承平，找來晏修遠幫忙給傅山斷腿，她如果自己來怕不好控制力道。

晏修遠本想讓晏承平去，結果不知道他兒子跑去哪裡了。

「晏叔叔，可以開始了，就是我剛才和您說的位置。」程稚清對晏修遠說完，順便給了傅山一塊布。

這是傅山自己要求的，他怕太疼叫出聲，會讓妻子擔心。

晏修遠點了點頭，將手放到傅山腿上，一使勁，便成了。

反觀傅山，他緊咬著布，額頭上的青筋顯而易見，豆大的汗珠一顆接一顆滑落，手緊捏住炕邊，整個人因為疼痛忍不住顫抖。

程稚清在晏修遠退開後，馬上為傅山重新接骨，還特意拿了兩塊木板幫他固定。待一切都處理好了，疼痛也漸漸消去，傅山嘴裡的布掉了下去，他整個人彷彿剛從水裡撈上來一樣，癱軟在床上，大口喘著氣。

外面的傅新雅緊抓著鍾思潔的手，她發現屋內一點聲音也沒有。「妳說不會有什麼事吧？怎麼一點聲音也沒有？」

「不會有事的，說不定不那麼疼呢，不疼自然就不會叫了。」

傅新雅聽了鍾思潔的話漸漸放鬆下來。「妳說得對……妳說得對。」

程稚清出來通知傅新雅。「接完了，一切都好，您可以去看他了。」

傅新雅這才舒了一口氣，剛想站起身，卻發現腿軟站不起來，她苦笑道：「太擔心了，腿軟了，我緩緩就好。」

眾人都表示理解，如果是他們的家人在裡面，他們也會緊張。

傅新雅緩了一會兒能夠站起來後，讓傅今瑤扶著她走。

屋內，傅山閉著眼躺在床上，臉色蒼白。

傅新雅一看就知道哪裡是不痛，明明是太疼了，他怕她擔心而強忍著。

她走到傅山旁邊，輕聲問道：「疼不疼？」

傅山聽見傅新雅的聲音，馬上睜開眼，對著她們母女倆笑了笑，用虛弱的語氣說：「不疼，一點兒也不疼。」

傅山又想起什麼，費力從枕頭下拿出五十兩銀子交給傅新雅。「妳拿著。」

傅新雅疑惑問道：「這是？」

「晏家給的，拿著吧。」傅山解釋道。

傅新雅聽傅山這麼說，沒有說什麼就收下銀子了。

第十七章

「明姨，我想去找我爺爺了。」程稚清突然找到明慕青說道。

「怎麼這麼突然？是不是在家裡待得不舒服？」明慕青停下手中的事，驚訝地看著程稚清。

程稚清連忙搖頭。「不是，不是，我看家裡穩定下來了，晏小叔和傅大叔養傷養了一個月，可以慢慢開始下地活動了，我出去一、兩個月也沒有關係。我娘生前最大的願望就是回去看看爺爺，剛好現在我也沒多大的事，就想著去找爺爺，看看他老人家現在怎麼樣了，也幫我娘盡養育之恩。」

其實還有一個原因，這段時日和晏承平相處，她好像有些喜歡上他了，加上晏承平總用譴責的眼神看著她，讓她覺得自己是個利用完人就扔的渣女，她想出去一段時間讓自己冷靜，順便想清楚。

明慕青溫柔地注視著程稚清。「去了還回來嗎？」

程稚清瞪大雙眼，不知道為什麼明慕青突然問這個問題。「當然回來啊，你們都是我的親人，爺爺在江南一個親人都沒有了，只剩下我和哥哥，現在哥哥也不知道在哪裡，我先把爺爺接來，之後再去找哥哥。」

開什麼玩笑，能不回來嗎？她的任務就是幫助晏承平改變命運，如果她沒有回來，晏承平走了上輩子老路，誰知道老天爺會不會懲罰她？還是要她親自盯著才放心。

程稚清小心翼翼地看了一眼明慕青，帶點失落地說：「明姨是不想我回來嗎？」

明慕青一看程稚清這個可憐兮兮的樣子就心疼了，她拉著程稚清的手。「怎麼會呢，妳就是明姨的女兒，哪有娘不讓女兒回家的。這次妳一個人出去嗎？讓承平陪著妳一起去吧！」

程稚清聽到讓晏承平陪她一塊兒去彷彿被嚇到了，臉上有一閃而過的慌亂。「不用、不用，我一個人可以的，穿男裝出門加上我那身力氣，誰能打得過我？而且我這一個月也有跟著晏叔叔一起練武，面對一般小賊是沒問題的。」她不敢看明慕青的眼睛，支支吾吾道：「明姨，能不能不要告訴晏承平，我去找爺爺了啊？我怕他硬要跟我一起去。」

明慕青雖然不知道他們之間發生什麼事，但是看著程稚清這副樣子，她就直接認定是自己兒子做錯了。

「好，知道了，出發前不告訴他。什麼時候走，想好了嗎？東西都準備了嗎？」明慕青溫柔問道。

程稚清點點頭。「嗯，明天吧！明天他們要上山打獵，我悄悄走，就是要麻煩明姨幫我跟大家說一聲。」

「有什麼麻煩的，都是一家人。妳一個人在外要多注意，快些回來知道嗎？」明慕青細細叮囑著。

「知道了，找到爺爺就回來，一定趕在鍾姨生產之前回來。明姨，我房間裡準備了好多藥都寫上備注，如果有需要就去我房中拿。」

程稚清早在半個月前就想走，從那時就開始準備了，只是因為不放心晏修同和傅山才多留了半個月。

明慕青笑著，溫柔應道：「知道了，家裡都好，不用擔心。」

第二天，程稚清目送晏承平他們上山後，就回屋換了一身男裝。

程稚清駕著馬車，看著眼前眾人都在門口為自己送行。

「小清，路上可得小心，早點回來啊。」白舒雲拉著程稚清的手囑咐道。

晏家人聽到程稚清要走的時候，第一反應就是阻止，但是他們沒有理由阻止她去找爺爺，再加上流放時，他們就清楚程稚清的能力，出門在外應該沒有問題。

「晏爺爺，晏奶奶，我在鍾姨生產之前一定趕回來，你們就放心吧。」

鍾思潔站在一旁。「別著急，慢慢來，路上不要趕，家裡還有妳晏奶奶和明姨呢，實在不行，我們去姚安府請大夫。」

程稚清點了點頭。「大家回去吧，我走了。」

說完，她駕著馬車出發了。

眾人看著馬車逐漸駛遠，眼中都帶著擔心，直到看不見馬車才回家。

時間慢慢過去，晏承平他們下山了，眾人正準備吃晚飯，今晚的氣氛格外沈默。

晏承平坐下沒有看見程稚清。「娘，稚清呢？怎麼沒出來吃飯？」

明慕青瞥了一眼兒子，埋頭吃飯沒有理他，晏承平一臉莫名其妙。

一旁的晏承安十分積極，他跳下凳子，跑向程稚清的房間。「我去叫稚清姊姊吃飯。」

程稚清走的時候，晏承安還在睡，他不知道程稚清早就走了。

白舒雲趕緊攔住他。「小安別去了，稚清姊姊想她爺爺，去找爺爺了。」

晏承平聽到這話如同被雷劈中了，手中的筷子瞬間掉到地上。

晏承安沒有鬧，他知道想爺爺的心情，他之前在京城的時候也很想爹娘、爺爺和奶奶，只能一臉失落地坐到椅子上。「怎麼稚清姊姊不跟我說？」

白舒雲安慰他。「你稚清姊姊走的時候你還在睡覺，說你睡少了會長不高，希望你好好吃飯、好好睡覺，等她回來時，你就長高了。」

小孩子就是小孩子，隨便說兩句話就能哄好。

晏承安聽到白舒雲這麼說，立刻端坐在椅子上，拿起筷子大口吃飯。「我肯定能在稚清姊姊回來之前長高的。」

晏承平臉色陰沈，強壓著怒火。「所以你們都知道，就瞞著我一個人？」

明慕青臉色淡定。「也不是你一個人，你們父子三人都不知道。」

「她一個女孩子，你們就讓她自己走了？」

明慕青淡淡接話。「她一個女孩子不是也帶著承安一路追來了？」

晏承平見他娘這個態度也不多說什麼，起身就走。

晏承淵看著家裡人不知道該說什麼，見晏承平直奔門外去，連忙拉住他。「哥，你幹麼去？」

晏承平面帶冷意，甩開晏承淵的手。「追她。」

晏承淵看著晏承平的臉色，小心翼翼地說：「稚清姊好像就是不同意你跟著一起去才瞞著你的。」

晏承平聽到這話，面無表情。「那又怎麼樣，我不出現在她面前，在她身後偷偷保護她就好了。」

晏承平說完沒等晏承淵說話，轉身就走。

他們家只有一匹馬，還是當初程稚清帶來的，現在程稚清駕著馬車走了，他還要趕緊去買一匹馬，順便弄個路引才行。

晏承淵看著他離去的背影什麼也沒說，聳了聳肩，接著回去吃飯。

晏瀚海見只有晏承淵一個人回來，便問了句。「承平呢？」

「走了，說要去追稚清姊。」晏承淵坐下回話。

明慕青憋不住了，噗哧一聲笑出來。「娘，您看，我就知道，他肯定會去追稚清。」

白舒雲笑罵了句。「怎麼有妳這樣做娘的，兒子飯都沒吃就走了，一點也不關心。」

明慕青毫不在乎。「他自己有手有腳，還怕餓到？我現在比較擔心稚清有沒有好好吃飯。」

晏承淵被他們這樣弄得有些發懵，剛才不是還一副劍拔弩張的樣子，怎麼突然又其樂融融。

「大伯娘，稚清姊不是說不能告訴大哥嗎？您這樣說了，好嗎？」晏承淵忐忑問道。

明慕青看著晏承淵。「我答應的是出發前不說，現在人都走了，有眼睛的人都知道她不在了。」

她當初答應程稚清時極其爽快，就是因為知道晏承平會追出去，如果晏承平不陪著一起去，她說什麼也不會同意程稚清一個人去江南。

晏承淵聽到這話，默默扒了一口飯，他現在有一點心疼飯也沒吃就追出去的晏承平了。

程稚清出了大山村後，覺得心情放鬆，畢竟旁邊沒有一個人虎視眈眈地盯著她了。

幽州的氛圍實在太差了，按理來說春天應該很多人在外逛，可幽州路上冷冷清清，行人也沒有幾個，路上的房屋都是大門緊閉。

如果不是因為幽州氛圍過於緊張，她本來還想停下來逛一逛。

她加快速度往幽州城外去，今日守城門的士兵同她來的那日一樣，出城門的人少得可憐，只有她一人駕著馬車往城外去。

她原以為士兵會攔下自己詢問一番，結果他們卻看都沒有看她一眼。

程稚清加快速度直接進入關城，住在來時待過的客棧，她悠悠哉哉停下來吃了晚飯，接下來的路，她不想急急忙忙一路奔波。

與此同時，晏承平找到胡將軍，請他幫忙弄一匹馬和路引。

胡將軍在幽州和知府是一樣大，只是管轄的方面不一樣。知府管百姓，胡將軍管軍事。馬和路引對於胡將軍來說就小事一樁，他立即吩咐手下去辦，半個時辰後就弄到馬、做好路引了。

晏承平從胡將軍處拿到路引和馬匹後，急忙從幽州出發前往關城，他怕自己不注意就錯過程稚清了。

在晏承平急忙趕路時，程稚清美滋滋睡了一覺。

在程稚清沈浸在睡夢中時，晏承平大晚上的還在趕路，在城門關閉前出了幽州。

由於關城的城門已經關了，他無法入城，只能在城門口等了一夜。

天剛亮，關城城門終於開了，他騎著馬飛身進入，門口的士兵還以為自己剛睡醒出現了幻覺。

他現在不知道程稚清在哪裡，能確定的是她還沒出關城，所以晏承平直接去出關城的另一個城門——那裡是程稚清的必經之路，在那裡一定可以等到人。

程稚清在晏家不好意思隨心所欲睡覺，畢竟長輩已經起來在外面忙碌，她不好晚起。現在到了關城，她終於可以睡到自然醒了。

程稚清慢悠悠起床吃了早餐才出發，上次她與晏綺南和晏承安把關城大大小小的店鋪都走遍了，覺得沒什麼意思，她打算去陽城再好好逛一逛。

這次去江南，若全程趕路要半個月，她不想把自己弄得那麼疲憊，預計二十日之內到就可以了。

程稚清一路上沒有多耽誤，打算直接前往陽城，城門口來來往往的人們絡繹不絕，有的推著板車進城賣菜，有的牽著小孩的手進城遊玩。

程稚清駕著馬車出城的那一刻，晏承平就發現了，原本他還擔心自己是不是錯過了，正猶豫是否要去陽城等，幸好他沒有離開，不然就真的錯過了。

程稚清絲毫沒有注意到身後有人悄悄跟著她。

出了城門，僅有一條供行人走的路，兩邊皆是樹林，程稚清中午在林中抓了一隻野兔，將野兔烤來吃。

晏承平就著程稚清烤野兔的香氣，在不遠處吃著早上買來已經冷掉的饅頭，他根本不敢離開一步，生怕她不知道什麼時候又走了。

吃飽喝足後，程稚清收拾行李上了馬車，一路快馬加鞭，終於在天黑之前到達陽城。她在陽城找了一間客棧，將馬車交給小二帶去後院餵草料，然後吃了一頓晚飯。

「走路沒有眼睛嗎？」

程稚清順著聲音方向看去，小二著急上菜撞到了一對夫婦，那女人手裡還抱著一個孩子。

小二不停彎腰道歉。「對不住、對不住！是我不小心，走得急了些。」

「你撞到我了，給我賠錢！」那男人不依不饒地在客棧中大聲吵鬧。

客棧中的眾人看著男子不依不饒的樣子，紛紛幫小二說話。「明明就是你走得太急撞到了這位小哥，你還要小哥給你賠錢，別欺人太甚啊！」

那男子見事情沒有成功，頓時惱羞成怒。「關你們什麼事啊！他都說了是他撞到我的，我要他賠點錢還不行嗎？」

周圍眾人道：「別給你臉不要臉，大家都看著呢，是你一副趕著去投胎的模樣，撞到了小哥，人家小哥不跟你計較，給你一個臺階下，誰知道你得理不饒人，還想訛錢，當我們大夥兒都沒有眼睛嗎？」

那男子還想說什麼，站在一旁的女人用手拉了拉他的衣袖，臉色難看地說了一句。「算了。」

那男子見狀，惡狠狠地對小二說：「我還有事，今天算你好運，下次給我小心點。」說完後，他們行色匆匆地回了房間。

程稚清覺得有些奇怪，被抱在女子手中的孩子似乎睡著了，但那男人聲音大得似乎要把天都叫破，那小孩離他那麼近卻一點動靜也沒有。

想到這裡，程稚清笑了笑，覺得是自己想多了，或許是那小孩太睏了呢。

吃完飯後，程稚清就回房間休息了。

晏承平一直坐在不易被人發現的角落關注著程稚清，他看著程稚清回房後，找小二要了一間程稚清隔壁的客房，這樣就能隨時知曉她什麼時候出發了。

隔天，程稚清又睡到自然醒，這兩天她打算順著出城的方向，上午趕路，下午就在附近逛逛。

這是程稚清在陽城的最後一晚，這些天她買了許多以前沒有見過的稀奇古怪的小東西，回到客棧剛坐下，一抬頭就見到第一天來陽城遇見的那對夫婦。

這次與上次不一樣，這次不僅女人手裡抱了一個孩子，就連男人手裡也抱著一個孩子。孩子的臉被捂得嚴嚴實實的，一點動靜也沒有。

他們將孩子放到房間後出來吃飯，臉上的神色明顯放鬆不少。

程稚清一直偷偷觀察他們，發現他們吃完飯後，也沒有替孩子帶一些。

這時候她再神經大條也發現事情不對勁了，前兩天她看見熟睡的孩子，現在他們突然又有了一個孩子，也是睡著的模樣，怎會這麼巧合？

而且父母吃飯居然不叫孩子起來吃……

人販子！

這三個字突然出現在程稚清腦海中，她頓時認真推敲起來，這些天她走得慢了些，那對夫妻如果是人販子，應該會著急把孩子脫手，而且看他們的模樣像是要出城，按理說，他們應該要比她早出城，不可能還和她遇上，這個多出來的孩子大概就是他們時間延遲的原因。

因為現在沒有任何證據，一切都是她的猜想，她決定明天先跟著那對夫妻，觀察他們要把孩子帶到什麼地方。

一早，程稚清心中裝著事，所以天剛微亮的時候就起床了，她來到大堂點了一碗粥，等著那對夫妻出現。

她剛坐下沒有多久，那對夫妻就抱著孩子出來了。

現在城門已經開了，他們要在最早的時間出城。

程稚清沒有吃幾口飯，就連忙駕著馬車跟上，跟在他們身後不遠的距離。

說也奇怪，她駕著馬車，若走不過人的兩條腿，實在太可疑了。

程稚清確定他們是往荊州方向去後，便加快速度從他們身邊經過，在那一剎那，她聽到那個男人說：「把這批貨……」

就這短短的幾個字，讓程稚清更加確定他們是人販子。

程稚清快馬加鞭先他們一步到荊州，把馬車安頓好後，就到城門口的茶攤處等著那對夫妻。

他們敢跨城幹這事，應該路引也是早就準備好的。

程稚清在茶攤快把一壺茶水都喝完了，終於見到那對夫妻進城，她目送他們經過，悄悄跟了上去。

走了大概半盞茶的時間，一路上七拐八拐，終於見到他們進了一座小破院。

那院子是真的破敗，周圍已經沒有人居住，所以雜草叢生，倒塌的房屋也沒有人整理。

程稚清躲在一旁，不知等了多久，終於見到那對男女出了門，她乘機溜了進去。

這個小院並不大，只有三間房，程稚清將每一間房都看過，並沒有發現他們抱進去的兩個孩子。

前兩間房都仔細察看過，什麼也沒有發現，最後她去廚房，在廚房中來回翻找，察看是不是有什麼密室之類的空間。

她走到一個角落的大缸附近，發現腳下的地板好像與其他的不一樣，她來回走了走，更加確定了。

程稚清看著四周空盪盪的，只有這個大缸，她伸手將大缸搬開，搬開後就發現有一塊明顯的木板，木板上有一塊凹槽，她伸手將木板打開，下面黑漆漆一片。

她想了想跳了下去，下去後藉著廚房傳來的微弱光線，看清下面的樣子。

這應該是一個地窖，空間不大，裡面有八個小孩，其中有兩個躺在地上還沒清醒，就是那對夫妻之前抱在手中的孩子。

其他六個孩子抱團縮在角落，其中一個孩子顫抖著說：「你……你是誰？」

「你們怎麼在這裡？在這裡多久了？」程稚清沒有靠他們太近，怕他們會害怕，中間隔著距離問道。

那對夫妻一來就是對他們非打即罵，程稚清沒有打罵他們，看起來不像壞人。

那男孩道：「我……我也不知道，我一醒來就在這裡，他們把我們關在這裡，偶爾幾天不出現，一回來就會多了人。」

程稚清見問不出什麼來，準備先帶他們出去。「我帶你們出去，去報官找你們爹娘。」

那些小孩一聽到程稚清提起爹娘，忍不住哭出聲來，他們都想爹娘了，可是在這裡他們哭就要被打，打怕了自然就不敢哭，程稚清的到來似乎給了他們希望。

「噓……別哭啦，我們先出去，我也不知道他們什麼時候回來，我們還是快些出去。」程稚清輕聲安撫道。

「我先出去，然後高個的把矮個的抱起來，我拉你們出來。」程稚清先上去了，趴在地上，手伸進地窖中。

那些小孩終於一個個慢慢走過去，一開始說話的那個小孩費力地抱起其中一個，程稚清抓著他的手就拉上來，很快就上來五個了。

程稚清假裝去找繩子，到灶臺後看了看，從空間中拿出一根繩子。

她將繩子丟下去，讓男孩綁在昏迷的孩子身上，自己抓著另一頭，她抓住小男孩的手把他拉上來後，從他手中接過繩子，將還在下面的兩個小孩帶上來。

直到現在，她才看清孩子們的狀態，除了剛被帶來的小孩，其餘身上都髒兮兮的，臉上都有傷痕。

他們不約而同地抓著那個一開始說話的男孩，怯懦地看著程稚清，很明顯那個孩子是他們之中的領頭人。

程稚清這個時候眼眶發紅，幫還沒醒來的孩子把過脈，確定只是迷藥藥效還未過去後，說了句。「走吧！」

她率先抱著兩個昏迷的孩子走出廚房。

領頭的那個孩子帶著其餘人緊跟在程稚清身後。

程稚清帶著孩子們走出廚房，正要出院子的時候，院門突然開了。

為首的是那對夫妻，他們身後跟著兩、三個壯漢，手裡都拿著棍子。

那男人笑得猙獰。「我總覺得有人在身後跟著，沒想到真的有小賊偷偷溜進來了。」

女人一臉不耐煩。「別廢話了，趕快給我解決了，這批貨要趕緊送出去。」

程稚清把兩個昏迷的孩子放到地上，讓孩子們扶著那兩個孩子躲到廚房中。

「就這瘦巴巴的小子，我一個拳頭就讓他趴下了，耽誤不了多少事。」其中一個壯漢說道。

壯漢一下子衝到程稚清面前，高舉棍子狠狠揮下，他看著程稚清一動也不動以為是被嚇傻了，便發出一聲嗤笑，誰能想到棍子即將打中人的那一刻，他卻先飛出去了。

程稚清看著孩子們都躲進廚房，才專心看向其他幾個人，只見一人手握木棍朝她衝過來，木棍即將打中她的一瞬間，她出手接下木棍一使勁，木棍另一端的人就被甩了出去。

那女人見狀，後退兩步，冷笑一聲。「沒想到啊，還有兩下子。都給我上！」

程稚清看著對面衝來的兩個男子，一點也不慌亂，甚至有躍躍欲試的心態。

她跟著晏修遠練了一個月，也想知道自己現在到底是什麼程度，不過她感覺對付這兩個男的，應該沒什麼問題。

程稚清伸手搶過最近之人手中的棍子，反手就是一棍，那人頓時倒在地上。

剩下一人看著倒在地上的人，猶豫著要不要上去。

女人氣急敗壞地道：「給我上啊，愣著做什麼？你想死嗎？」

那人聽到此話也不再猶豫，看了女人一眼，衝了上去。

程稚清沒有猶豫，一棍子拿下一個，將人全都打飛出去躺倒在地，她正想上去補幾棍子把他們綁起來，卻忽視了原先站在門口的女人，此時不知道去哪裡了。

那女人在程稚清上前綁人時，偷偷撿起掉落在一邊的棍子，朝程稚清身後走去，她腳步輕盈沒有發出一點聲音，雙手緊握木棍，高高舉起。

晏承平一看程稚清完全不知道身後還有個漏網之魚，迫不得已只能現身，他飛身而出，一腳將那女人踹飛出去。

晏承平早就知道那對男女不是什麼好東西，可是這又關他什麼事，如果不是程稚清，他不會管這閒事。

在程稚清踏入小院時，他就去報官了，他知道憑藉她的力氣一時半刻不會有危險，他把破院位置告訴官差後就急忙趕回來，結果正好看到那個女人準備下黑手。

那女人發出一聲慘叫，倒在地上疼得不斷抽搐。

程稚清聽到聲音才轉身看去，卻看到一個意想不到的人。

那人本應該在幽州大山村中，怎麼會出現在這裡？

程稚清看著晏承平詫異道：「你……你怎麼在這裡？你不是應該在幽州嗎？」

晏承平靜靜看著程稚清。「為什麼不告訴我？」

程稚清看著晏承平，明明他臉上沒有任何表情，可她似乎從他的眼神中看出一絲委屈。

程稚清有些心虛，她確實是瞞著他走的。她摸了摸鼻子，正想著要怎麼解釋時，突然來了一群官差。

程稚清看到官差，不用想也知道是誰叫來的，她表面上瞪了一眼晏承平，心裡卻暗暗鬆了一口氣。

領頭的官差看到晏承平。「你小子跑得還挺快的……」轉頭看到躺在地上的一群人，他嚇了一跳。「怎麼回事？」

程稚清指著地上的人回答道：「大人，他們是人販子，拐賣小孩，還想殺人滅口。」接著，她朝著廚房內喊道：「裡面的小孩快出來，我們安全了，有官差來了！」

聽到程稚清的聲音，裡面的孩子一起扶著昏迷的孩子走了出來。

官差們見到孩子們臉上的青紫也忍不住心疼。

「真的可以去找爹娘了嗎？」領頭的孩子問程稚清，眼中帶著希冀。

「當然可以，他們都是官，肯定能幫你找到爹娘的。」程稚清語氣肯定，又看向官差。

「是吧？大人。」

「肯定的，這是我們職責所在。」官差們看著孩子們被折騰成這樣，恨不得馬上嚴懲這些歹人。

領頭的官差吩咐手下將孩子帶回官府，這時才注意到還有兩個昏迷不醒被攙扶著的孩子。「這是？」

程稚清回答道：「那兩個昏迷的小孩被人販子從陽城帶到荊州，可能怕他們路上哭鬧，所以給他們下了迷藥，藥效還沒有退。」

領頭官差了然點點頭。「還要麻煩你跟我們回去將事情交代清楚。」

程稚清點點頭，配合地跟著一起去官府，待事情說明清楚了，程稚清和晏承平就離開了。

程稚清走出官府，想起官差來得這麼及時，一定是晏承平早就跟在她身後，說不定在幽州的時候就跟著她了。

想到這裡，程稚清看向晏承平，瞪著滴溜溜的眼睛。「你早就偷偷跟著我？」

晏承平知道自己暴露了，什麼話也不敢說，只用無辜的眼神看著程稚清。

程稚清看著這眼神也不好意思繼續指責他，畢竟晏承平又一次救了她。

「算了、算了，我不計較這件事，你也別問我為什麼不告訴你去找爺爺的事，我們算扯平。」

晏承平不在乎她到底為什麼隱瞞他，怕說出來的答案會傷了他的心，不過一聽到扯平，他飛快地應了句。「行。」

他真的怕自己偷偷跟著程稚清會惹她生氣，現在她沒有追究他，已經是最好的結果。

程稚清回到寄放馬車的客棧，看見晏承平跟在身後也沒有說什麼。

既然來都來了，想必應該趕不走，那就跟著吧，當作自己找了一個貼身保鏢。

晏承平小心翼翼地跟在程稚清身後，發現她沒有趕人走的意思，才慢慢挪到她身邊。

折騰一上午，程稚清也餓了，二人吃飽喝足後繼續上路。

第十八章

程稚清過上了有兩匹馬拉車還有一個專屬車伕的美好生活，她終於可以不用在車外風吹日曬，而是在車廂內想睡就睡。

偶爾沒能夠及時進城也不用慌，畢竟有晏承平在，野味更是手到擒來，不過她不能再繼續悠閒逛街了，她的理由是來找爺爺，總不能到處瞎逛。

他們在第十天時抵達揚城，揚城有內河，航運發達。

程稚清坐在車廂外透透氣，她看著人來人往的揚城，不禁感慨，果然經濟發達就是不一樣，人們雖然幹活辛苦，但很有朝氣。

馬車行過碼頭，程稚清看見一艘艘船停靠在岸邊，這些天在馬車上顛簸，感覺人都快不行了，她問晏承平。「我們可以坐船去江城嗎？」

晏承平也是第一次來揚城，他將馬車停靠在路邊。「我下去問問。」

他跳下馬車，拉著一個正在卸貨的大哥。「大哥，問你個事，這船可以去江城嗎？」

那大哥悶著頭揹貨，突然被拉住一時發懵，不過他聽到是問路的也給了解釋。「去啊，我們這一批貨就有去江城的，你去問問管事還有沒有位置。」

「行，謝謝大哥。」晏承平道謝後，回到馬車上。「可以去。」

程稚清有些激動，拉著晏承平的手臂道：「那我們坐船去吧，天天坐馬車太累了。」

晏承平看著程稚清亮晶晶的眼睛，說不出拒絕的話。「我都行，馬車怎麼辦？」

程稚清根本沒想過馬車，沈默一瞬。「看能不能帶上去，不能帶就直接賣了，去了江城再買。」

晏承平點點頭，駕著馬車去往岸邊。

岸邊站了一個中年男子，晏承平過去詢問。「大哥，我想問一下我們想去江城還能上船嗎？」

那男子看了一眼他們，淡淡地說：「一個人五百文，馬車和馬不能帶上去，一刻鐘以後出發。」

程稚清聽他這麼說，當機立斷在碼頭把馬賣了。碼頭不僅有上船的人還有下船的人，程稚清將馬和馬車便宜出售，還是很搶手。

他們交了一兩銀子，中年男子將他們引到一艘船邊，讓他們自己上船。上船後，來了一個人帶他們去客房，房中除了一張床什麼也沒有。

程稚清知道是哪間房間後，就去甲板上吹風，看著一望無際的大海和行色匆匆的人們。

突然岸邊一陣騷動，原本散亂的人們退到角落，中間空出一片空地，片刻後一座轎子被人遠遠抬來，四周跟著八個護衛。

那轎子就停在一艘最豪華的船邊，一旁的護衛掀起簾子，有一個人走了下來。

程稚清看著這人覺得有些眼熟，似乎在哪裡見過，他們相隔的距離又有些遠，她使勁盯著那人看，突然她想起來了。

阮弘方！

程稚清皺著眉看著不遠處的身影，他怎麼會在這裡？

晏承平不知何時出現在程稚清的身後，他看到阮弘方的一瞬，拉住程稚清的手直接將她往客房中帶。

程稚清最後一眼看向阮弘方的方向，似乎看到阮弘方也往他們這邊看來。

剛從轎子中下來的阮弘方似乎有所感應般朝著其中一艘船看去，只見一個瘦弱的小哥愣愣地看著他們，他身後的那人似乎有些面熟……

突然他心頭一跳，晏承平！那人是晏承平！

阮弘方不禁後退一步。

不……不可能，晏家人早就被他安排好送去西天了，怎麼可能會出現在這裡？一定是距離太遠沒有看清楚！

阮弘方身邊的侍衛看見他皺著眉頭面色緊張，上前問道：「大人，是否有什麼不妥之處？」

阮弘方回過神，他示意上前說話。

侍衛將耳朵湊到阮弘方嘴邊，不過幾句話，侍衛聽完應了一聲。「是！」

阮弘方眼含殺意地看著那艘船，藏在寬大袖子裡的手緊緊握成拳頭，不管是不是晏承平，寧可殺錯也不能放過，他絕對不會給晏家任何報仇的機會。

程稚清知曉此時牽住她的人是晏承平，所以沒有反抗，乖順地跟著他回去了。

回到房間後，她關上門，迫不及待地問道：「那個是阮弘方嗎？他是誰？為什麼當初要陷害晏家？」

自從到了幽州，她的日子過得十分順心，長輩都寵著她，她也一直覺得報仇是晏承平的事，所以沒有刻意去問，如果不是今天突然見到，她都快把阮弘方這個人給忘記了。

晏承平也沒有想到居然會在揚城見到阮弘方，他緊鎖著眉頭，突然聽到程稚清詢問，驚訝地看著她。「妳不知道他是誰？」

程稚清瞪著迷茫的雙眼道：「我應該知道嗎？」

她的記憶中，只有原主後半生的淒慘人生，前半生的記憶都淡化了，所以她根本不知道這個阮弘方是誰，連他的名字都是在和離那日聽到的。

是了，她不過是一個十幾歲的小姑娘，娘接她來家中時，也不會跟她一個小姑娘說家裡的事，她來時可能都見不到他一面，況且是阮弘方——他曾經的大伯。

晏承平拉著程稚清坐下，舒緩心中的恨意，他看到阮弘方時，恨不得衝出去把他殺了，可惜他不能。

他面無表情地開口道：「阮弘方是爺爺收養的兒子，他八歲那年父親死在戰場，母親得知後便跟著去了，一時之間他成了孤兒，而他家的親戚覺得他是剋星，沒有一個人願意收養他。」

程稚清聽著他的解釋悄悄鬆了一口氣，不在意她為什麼不認識阮弘方就好，看晏承平的樣子應該是已經幫她找好理由了。

「他的父親與爺爺是好友，爺爺便做主收養他，自此他成為晏家的大老爺，與爹和二叔一起長大。不知道晏家到底哪裡對不起他，皇帝又給了什麼籌碼才讓他背叛晏家。」晏承平聲音中透露出恨意。「自從他背叛晏家的那一刻，他就不是晏家長子，也不是我們大伯了。」

程稚清了然點點頭，難怪她在晏家聽見晏承淵和晏綺南喊晏修遠夫婦大伯、大伯娘，就連晏修同也換了稱呼。似乎阮弘方從來沒有在晏家朝夕生活過，僅僅只是他們一家的仇人罷了。

船已經出發了，程稚清的身子跟著船身搖晃，她想起阮弘方最後的那個眼神，心猛地一跳。「剛才阮弘方好像往我們這個方向看過來了。」她緊緊抓住晏承平的衣袖。「他會不會看到你了？」

晏承平皺眉。「距離這麼遠，應該沒有看見。」他看著程稚清滿臉擔心的神色，輕輕拍了拍她的腦袋。「沒事，別怕。」

程稚清聽他這麼說稍稍放心下來，又升起一個念頭。「他為什麼來揚城？按理說他幫皇帝把你們都弄去幽州了，不是應該高官厚祿地待在京城享福嗎？」

晏承平嗤笑一聲，眼中帶著不屑。「嚐過了權力的味道又怎麼捨得放手？皇帝現在年紀大了，皇子們為了這個萬人之上的位置已經有動作，他應該是攀上哪位皇子想要坐上更高的位置。」

程稚清擔憂地看了他一眼，覺得前世的他真可憐，大婚之日慘遭陷害，又接二連三地失去家人。

晏承平覺得程稚清的眼神怪怪的，怎麼像看一個小可憐一樣看著他，他不由得好笑地彈了一下她的額頭。

「想什麼呢？我們都放下了，不要用這種眼神看著我。」他俯下身子湊到程稚清的耳邊，輕聲呢喃。「再說了，我現在還有妳。」

溫熱的氣息撲在程稚清的耳朵上，她耳根爆紅，伸出手一把推開晏承平。

晏承平對她從來不防備，猝不及防被程稚清推開撞到牆上，發出「砰」一聲，他又一次實實在在領會到她的力氣。

程稚清情急之下沒有控制住自己的力道，眼睜睜看著晏承平撞到牆上，心裡雖然抱歉，但還是嘴硬。「活該！」

她看著晏承平沒有什麼事後便跑出客房，身後甚至能聽到晏承平低沈的笑聲。有病！被打了還開心。

程稚清來到甲板上，看著河面，心情也沒那麼窘迫了。她坐在甲板上觀賞日落，太陽的餘暉灑在河面上，波光粼粼。

晏承平看準時機出來找她，他們在船上吃了一頓全魚宴，不得不說這個服務還真到位，不僅有房間還包餐。

吃完飯後，天已經徹底暗下來，船航行在黑暗的河面上，四周是一望無際的黑暗，讓人忍不住心生恐懼。

程稚清躺在床上翻來覆去睡不著，總覺得心裡有些慌，她起身開門想去看看星空，誰知道看到幾個黑衣人動作迅速地上了船。

那幾個黑衣人此時也看到程稚清，兩人四目相對，程稚清有著片刻呆愣，只見領頭一人向後打了個手勢，身後幾人便朝她飛身而來。

程稚清看著黑衣人手中的刀發出冷冷寒光，想也沒想便向後跑去，大喊道：「有人要殺人啊！救命！快來人啊，有人要殺人啊！」

程稚清的叫喊聲打破船內原本的平靜，膽大的人出來看了一眼，膽小的人躲在客房內不敢動，一時間船內哭喊聲不斷。

晏承平聽到程稚清的喊聲，連忙出來一看，映入眼中的是程稚清那張慌張的小臉。

程稚清暗罵運氣太差，現在黑衣人拿刀追著她砍，她力氣再大也沒辦法空手接白刃啊。

程稚清感受到身後有人不斷靠近，她拚命往晏承平的方向跑。

晏承平看著程稚清身後的刀快要砍到她身上，腦海中閃過許多想法。他飛身一把將程稚清攬入懷中，抱著她往地下一滾躲開。

領頭之人憑藉微弱的月光，雖看不清晏承平的臉，但認出了晏承平的服飾，確認他就是任務目標。

黑衣人紛紛朝他們而來，晏承平見狀，已經知道是誰想要他的命了。

真是瘋子……都不確認身分就派殺手奪人性命，下手真狠！

晏承平不敢使用武功和黑衣人起衝突，他怕暴露自己的身分，處在幽州的家人會有危險。

他裝作害怕的樣子，跌跌撞撞地抱著程稚清躲開黑衣人，時不時故意挨兩刀，晏承平引著黑衣人去船邊，把程稚清護在自己身後，結結巴巴問道：「你、你們是誰？為什麼要殺我們兄弟？」

「不該問的別問，受死吧！」

黑衣人拿著刀逐漸靠近，晏承平逃無可逃，黑衣人拿起刀狠狠往他心臟一刺，頓時鮮血湧出。

程稚清不知道晏承平為什麼故意這樣，她看到晏承平的傷口嚇到失聲，急忙扶住晏承平，看著黑衣人不斷靠近。「你們不要過來！」

此時一個大浪打來，船身劇烈一晃，黑衣人沒有站穩，踉蹌了幾下，晏承平趁此時機，抱住程稚清的腰跳下河。

春日的水中還是有些許刺骨的涼意。

落入水中的那一刻，程稚清凍得一哆嗦，嗆了幾口水，她感受到腰間的力量也沒有那麼害怕了，連忙從空間裡拿出保命丸塞到晏承平口中。

做完這一切後，她緊緊抱住晏承平，她是一個旱鴨子，不會游泳啊！

「晏承平，我不會游泳……你可得撐住啊。」

晏承平一隻手緊緊攬住程稚清，努力保持清醒，帶著她向岸邊游去。

「大人，那人受了小人一劍落入水中，想必活不了了。」此人正是那個領頭的黑衣人，他拱手向阮弘方匯報情況。

阮弘方端起茶喝了一口。「是他嗎？」

黑衣人面露難色。「天太黑，看不清楚人臉，不過我想應該不是，畢竟晏承平有一身好武藝，怎麼會連我們幾人都打不過？」他嗤笑一聲。「那人嚇得跟老鼠似的，看見我們兄弟幾人拿著刀，立刻嚇得屁滾尿流，晏承平怎會如此？」

阮弘方放下茶杯，手在桌面上輕敲幾下。「下去吧。」

程稚清緊緊抱住晏承平，腦子中閃過一個念頭：她不會游泳，中途晏承平支撐不住昏迷了怎麼辦？

她快速鬆手，在水中將他們的衣襬打了死結，做完這一切後，又緊緊摟住晏承平的腰。放眼望去四周漆黑一片，他們被冰冷的河水包圍著，程稚清努力抬頭卻看不見河岸在哪裡。

不知過了多長時間，也不知道游了多久，程稚清結結實實喝了好幾口河水，晏承平忍著身上傷口帶來的劇烈疼痛，拖著程稚清全力游向岸邊，他一摸到岸邊，將程稚清推上岸後就支撐不住昏迷了。

程稚清趴在岸邊時還有些茫然，她大口大口喘著粗氣努力坐起來，她的手一觸碰到結實的地面心裡頓時有了安全感。

她喊著晏承平，但他沒有反應，兩人的衣襬綁在一起，不斷將她往河水裡帶，晏承平似乎在往河下沈！

程稚清連忙順著衣襬拉住晏承平，將他拖到岸上。

「晏承平？晏承平？」程稚清喊著，四周寂靜一片。

程稚清心裡有些害怕，雖然她相信自己保命丸的藥效，但現在晏承平一動不動、呼吸微弱，她真的很怕晏承平就這麼死了。

她哆嗦地摸到晏承平的手腕，給他把了脈，發現是失血過多導致昏迷。

還好，命還在！

她從空間裡拿出補血丸，順著晏承平的手臂往上找到嘴巴，將藥塞了進去。

程稚清從空間中取出火摺子及木柴，把火升起來，幸好空間裡什麼都有，不然在這伸手不見五指的地方，去哪裡找木柴生火。

火生起來後，程稚清才看清晏承平，他緊抿著嘴，臉上蒼白一片。她扯開晏承平的衣服，大大小小的傷口映入眼簾，最嚴重的傷口在心臟上，那一劍只要再歪一寸就可以直接要了晏承平的命。

她抿著嘴取出靈泉水沖洗晏承平的傷口，再將傷藥撒在傷口上，她本想從空間裡直接拿布給晏承平包紮，可是又擔心他醒了，說不清布從哪裡來。

最後她還是從身上的衣服撕下一塊布，用靈泉水洗過再用火烤乾後，才將晏承平的傷口包紮好。

一切都做完後，她才有精力看看周圍的環境。

他們附近有一大片林子，一陣風吹過樹林搖搖晃晃，發出沙沙的聲音。

程稚清冷得一哆嗦，才想起來他們身上還是濕透的，她把晏承平搬到火堆旁，想到他應該不會這麼早醒，加上一會兒可能會發燒，所以直接將他的衣服扒下來用火烤，再從空間中取出被子蓋在他的身上。

她換了一身衣服，將濕透的衣物扔在空間，留了一件外衫在外面。

程稚清時刻注意著晏承平的情況，下半夜的時候他開始發燒，她馬上塞一顆退燒丸到他嘴裡，又用冷水給他降溫。

說起這退燒丸，還是上次晏承平發燒時，她去翻看空間裡的書才找到的，然後做了幾顆，好巧不巧這就用上了。

或許是晏承平體質好，又或許是藥起作用了，燒很快就退了，燒退了後，晏承平臉上也沒有難受的神色，反而安安靜靜地睡了。

程稚清見晏承平安穩睡著後，也放下心睡了一會兒，但是她不敢熟睡，畢竟不確定這個林子裡有沒有野獸。

天已經有些許微光，程稚清趕忙將被子收入空間中，再把自己的外衫穿上，給晏承平也穿上衣服，也許是她的力氣過大，努力給晏承平套褲子時，他醒了。

晏承平感覺有些不對勁，撐起身子就看到程稚清在他腿邊不知道幹麼，他低頭一看發現自己的身上空無一物，只有褻褲還穿在身上，傷口也都包紮好了。

晏承平受到驚嚇，從一旁抽過自己的衣物擋在身前，忍不住咳嗽了兩聲，用沙啞的聲音問道：「妳在幹麼……」

程稚清聽到他的聲音驚喜地回頭。「你醒了啊，身體怎麼樣？有沒有不舒服的地方？」看著程稚清見到自己醒來的開心，晏承平也不好意思繼續追問他怎麼沒穿衣服。「沒什麼不舒服的地方，昨晚辛苦妳了。」

「沒事。」程稚清見晏承平用衣服擋在身前，一副扭捏的樣子。「昨晚我們的衣服都濕了，我怕你穿著濕衣服傷會更重，所以幫你把衣服脫了用火烤乾，剛想替你穿上，你就醒了。你能動嗎？如果不能動，我幫你穿。」

晏承平看著程稚清一副大方、絲毫不介意男女大防的模樣，從齒縫中說出兩個字。「可以。」

他看著程稚清不為所動依然盯著他看，忍不住說了一句。「妳先轉過去。」
程稚清這才恍然大悟，急忙轉過身子。「好了、好了，你穿吧。」
她還在納悶他愣著幹麼，原來是害羞啊。
她聽著身後窸窸窣窣的聲音忍不住想，看都看過了，這個時候才不讓看，已經晚了……
晏承平穿好衣服，喊了程稚清好幾聲她都沒有回應，他走到程稚清面前彈了一下她的額頭。「想什麼呢？這麼入神。」
程稚清捂著額頭。「沒什麼，沒什麼。」
她總不能說早就把他看光了吧。
晏承平突然俯下身子湊到程稚清面前。「妳不會偷偷在想我的身子吧？」
程稚清被這突然放大的俊臉嚇了一跳，索性破罐子破摔。「是啊，怎麼了？」
晏承平沒想到她居然這麼乾脆就承認了，臉一下紅透了，他結結巴巴地說道：「妳、妳看光了我的身子，要嫁給我的。」
程稚清想了想，沒有一絲害羞，乾脆地應道：「好啊。」
程稚清的回答讓晏承平有些傻了，之前都是非打即罵，現在卻突然答應了，他臉上的紅暈快速褪去，一把握在程稚清的肩，皺著眉頭認真看著她。「我是認真的，不是和妳開玩笑。」

程稚清看著晏承平盯著自己的臉，似乎想從自己臉上找出什麼異樣，她看著晏承平，突然湊上去親了他一下。「我也是認真的，沒有開玩笑。」

其實昨晚她就想清楚了，晏承平在重傷的情況下，還硬撐著將她先推上岸，完全沒有考慮過自己。

她怕的不過是原主記憶中將她做成人彘的那個暴君，可她忘了自己不是原主，也從來沒有傷害過晏家人，而晏承平也不是那個暴君，他只是晏承平。

晏承平被程稚清的舉動嚇了一跳，怔在原地不敢動，生怕這是一場夢。

程稚清等著晏承平回話，結果他跟木頭人一樣一動也不動，甚至連表情也沒有絲毫變化。

「喂！愣在這裡幹麼？」

晏承平被程稚清的聲音喚醒，小心翼翼地看著她，眼神中帶著希冀。「妳再說一次。」

程稚清見此，看著他的眼睛認真重複說了一次。「我認真的，不過我們先不要這麼早成親，我們先試試。」

晏承平雖然不懂試試是什麼意思，但是他聽到程稚清不是開玩笑的，已滿足了。

「好，等妳想成親了，我們再成婚。」

他摸著剛才被程稚清親吻過的臉頰，上面似乎還有些許溫熱，癡癡地笑了出來。

程稚清見他笑得跟個傻子一樣，翻了個白眼，覺得自己是不是答應得太快了。

「別笑了，我們現在怎麼辦？」程稚清忍不住打斷他的傻笑。

晏承平立刻變回平常的樣子，他不能在這時候給程稚清留下不好的印象，他眼神中帶著可以掐出水的溫柔。「我們先走出去吧。」

程稚清點點頭，狐疑地看了他一眼。「你能走嗎？要不要我揹你？」

晏承平一聽自己被懷疑了，立刻強撐著走了兩步給程稚清看，雖然傷口還是很疼，但是他面上不動聲色。「一點小傷而已，沒什麼，走吧。」

他到底傷得怎麼樣，程稚清心裡有數，不過終究沒拆穿他，她主動走過去拉住晏承平的胳膊搭在自己的肩膀上。「我扶著你吧。」

晏承平確實有些難受，也就沒有拒絕。

程稚清扶著晏承平，突然低聲問了一句。「是不是他？」

晏承平一愣。「嗯。」

「明明你打得過，為什麼不打？為什麼要故意受那一劍？你知不知道差一點你就死了。」程稚清低頭看著自己的鞋。

「知道，我故意讓他刺中心臟的，也是故意偏了一點。」晏承平聲音低啞。

程稚清愣住了，停在原地，她抬頭看他，喃喃道：「為什麼？」

晏承平突然笑了出來。「我們身處那麼遠的地方，阮弘方都能憑藉一個相似的臉來追殺我，妳說如果我真的用了武功被他認出是我，那爺爺、奶奶、爹娘他們會怎麼樣？所以不如裝作不會武，裝作已經死了。」

程稚清看著他突然有些難過，在此之前他們也是親人，被親人背叛心裡會有多難受啊！

晏承平看著程稚清的眼神，伸手揉了揉她的頭髮。「我沒事，一點小傷換爺爺、奶奶他們在大山村安心的生活，值了。」說著，他目光堅定地看向遠方。「這個仇我一定會報的，讓他欠我們晏家的都還回來。」

第十九章

現已經天光大亮，朝陽穿過樹木間的縫隙灑下細碎金光，落在相互依靠的兩人身上，不遠處有白色的炊煙裊裊升起。

程稚清見遠處升起的炊煙興奮道：「晏承平，看，那裡有人，我們去那裡看看吧！」

晏承平身上帶傷，他知道程稚清力氣大，但實在捨不得讓程稚清揹著他走，走了這麼久不光是他，就連程稚清也累了。

他抬頭望了一眼，低聲說了句。「好。」

程稚清扶著晏承平加快速度往那方向走去。有了炊煙的指引，兩人很快就找到那戶人家。

程稚清和晏承平站在院門口問著。「有人嗎？」

不多時，一個五、六十歲的大娘走出來，她佝僂著身子。「誰啊？」

程稚清鬆開扶著晏承平的手，上前說道：「大娘，我和哥哥坐船去江城，誰知道半路遇上劫匪，哥哥為了保護我而受傷，拚死跳下河才保住命，我們在林子裡見到有炊煙升起，這才找到您家，不知道我們可否在您家中歇一歇？」

大娘看了看眼前程稚清狼狽的模樣，又見晏承平臉色煞白，一隻手還摸著胸口，看著二人不像是說謊，便讓二人進去了。

程稚清一聽欣喜萬分。「多謝大娘。」

她扶著晏承平跟著大娘進了院子，見大娘拿了兩個板凳出來，連忙走過去伸手接過板凳。「大娘，我來就好。」

程稚清才放下板凳扶著晏承平坐下，又見大娘端來了兩碗水給他們。「來，你們先喝點水，飯一會兒就好。」

「謝謝大娘，不過飯還是不用了，這太麻煩你們了。」這戶看著也是窮苦人家，他們不好意思在人家家裡吃飯。

誰知這位大娘一揮手俐落道：「沒事，一頓飯而已，你們就等著吧。」

此時，屋內傳出一道年老的聲音。「老婆子，是不是閨女來了？」

屋內之人急匆匆出來，大娘見到連忙迎了上去。「不是，閨女沒來，是一對落難的兄弟，來我們家歇歇腳。」

走到門口的大爺一聽不是閨女顯然有些失落。「這樣啊。」

他走到程稚清他們身邊，程稚清站起身子將板凳讓給他。「大爺您坐。」

大爺笑咪咪地看著程稚清。「不用，不用，你坐就好了，我身體可硬朗著呢！你們從哪裡來啊？」

程稚清見大爺不肯坐下便也站著回道：「我們從關城來的，想去江城尋親，結果遇到劫匪，多虧我哥哥拚命護著我，我才毫髮無傷，就是我哥哥遭了大罪。」

大爺順著程稚清的目光看了一眼晏承平，見他臉上毫無血色，衣服上還有隱約可見的血跡。

晏承平靠在身後的牆上發問。「老人家，請問這是哪裡？我們若去江城還要多久？」

大爺一聽便來了興致，他坐在板凳上，跟晏承平聊了起來。「這你可就問對人了，我閨女嫁去江城，和女婿在城門旁支了個茶攤，他們三個月回來看我們老倆口一次。」說著大爺嘆了口氣。「我這一生沒有兒子，可是閨女孝順啊，嫁了人之後，女婿就是半個兒子，他們不放心我們老倆口在家，每三個月就走上三天回來看我們一次，來回就是六天。我心疼他們走這麼遠的路，說了讓她不要來，我們在家裡不會出什麼事，她就不聽，以往都有來，現在三個月到了，他們沒回來，也不知道是不是出了什麼事……」

程稚清聽到這裡，想著既然這麼孝順，為什麼不接老人一起去江城生活？

「那您閨女有說，接你們跟她一起去江城嗎？」

「說了，但是我們老倆口若跟去江城，要去府衙報戶籍，一個人就是五兩銀子，我們兩個加起來就是十兩，為了我們老不死的，花光他們小倆口所有積蓄，不值當啊！他們也有孩子要養啊！再說了，女婿父母都沒了，茶攤平時也很忙，孩子都忙不過來，我們怎麼能去添亂？」

程稚清想開口說些什麼，被大娘的聲音打斷了。「吃飯了，吃飯了。」

大爺站了起來。「走、走，去吃飯，去吃飯。」

程稚清扶晏承平跟著大爺走到飯桌旁，只見桌上擺了兩顆雞蛋、兩碗小米粥、一碗野菜湯和幾個紅薯。

野菜和紅薯是大爺他們經常吃的，而這雞蛋和小米則是特意為他們準備的。

程稚清扶著晏承平坐下，大爺就將雞蛋和粥推到他們面前。「家裡沒什麼好東西，將就吃啊。」

程稚清連忙推辭。「大爺，我們能在您家吃一頓飯已經很好了，我們還小也不用吃這麼好的東西，這些還是您和大娘吃吧。」

大娘這時也坐下來，將雞蛋塞到程稚清的手上。「你看看你哥哥都什麼樣子了，可不得好好補一補？我們家也沒有什麼好東西，你們就吃吧。」

大娘見程稚清還想推辭，板著一張臉。「是不是覺得我們家的東西不夠好，下不了口？」

程稚清一聽著急道：「沒有，沒有，我們這就吃、這就吃。」

大娘和大爺見他們終於肯動筷子，都笑咪咪地看著他們。這裡人少，常年就只有老倆口，平常也沒有人說說話，程稚清和晏承平的到來也算是陪他們了。

吃完飯後，程稚清幫著收拾完碗筷，她找到晏承平，猶豫了半天沒說出口。反而是晏承平看著她支支吾吾的樣子，拉住程稚清的手先開口。「做妳想做的，我都支持妳。」

程稚清抬頭驚訝地看著他。「你知道我想幹麼？」

「不就是想帶上老人家？妳這想法全都寫在臉上了。」晏承平調侃了一句。

程稚清不好意思地笑了笑，反握住他的手搖晃兩下。「你會不會覺得不太好？我們自身都難保了，還帶上兩個老人家。」

晏承平認真地看著程稚清。「沒有自身難保，我們身後又沒有追兵，怎麼能算是自身難保？也就是我現在受傷了不好長時間走動，不過我們可以租一輛馬車。」

程稚清聽見晏承平的想法和自己不謀而合，用亮晶晶的眼睛看著他。「你怎麼知道我們還有沒有錢租馬車？我的東西可都在船上。」

晏承平出來自然是什麼也沒帶，賣了馬車和馬之後，他身上就只有路引，路引是他隨身帶著用油布包好，就算掉進河裡也沒有什麼大礙。

「有銀子嗎？」他早就知道程稚清身上有些秘密，不過他不在乎，她不想說他就不問。

程稚清摸了摸鼻子，點了點頭，似乎等著晏承平繼續發問。不過晏承平什麼也沒問，只是揉了揉她的頭髮。「去吧。」

大爺這時候也走過來了。「你們什麼時候走？要不要歇兩天，給你哥哥找個大夫瞧瞧？」

「不用啦！大爺，我會一點醫術已經幫哥哥看過了，一會兒就走了。多謝大爺和大娘的收留。」程稚清看著大爺，終究還是把心裡的話說出口。「大爺，您和大娘要不要跟我們一起去江城看看？」

大爺雖然心動，但還是說：「我們去做什麼？」

程稚清看出大爺的心動，接著勸道：「大爺說您閨女都晚了好幾天沒來，萬一出事了，您也不知道。再說，您跟著我們去看看，如果出事了，您可以幫著想辦法，家中孩子也能搭把手；如果沒事，你們再回來就好了。」

大爺想了想，腳步飛快地走進屋中找大娘商量，二人想了想就一起出來了。「行，我們跟你們一起去，你們等等，我倆收拾收拾。」

從前閨女和女婿回來都很準時，要是真的出事了，他們一點忙都沒有幫上不說，還不知情。

程稚清應道：「好，大爺可以多帶一點東西，不用怕拿不動，我力氣大可以幫忙拿。」

二人收拾得飛快，家裡也沒有什麼東西可以帶的，無非就是一點銀子、糧食和幾身衣服。

他們鎖好門後就一起出發了。

大爺帶路走到城裡，程稚清讓他們在此處稍等。

程稚清去買了一輛馬車，因為租有些麻煩，不如就直接買了，反正以後都要用上。

程稚清駕著馬車到三人跟前時，大爺和大娘都驚呆了。「這、這……」

「大爺、大娘快上車吧，我們坐馬車可以快些到江城。」程稚清跳下馬車，想要扶著他們上去。

大爺急忙要從包裡取銀子給程稚清。「不行、不行，我們得給你銀子，這馬車貴吧？」

程稚清連忙阻止了。「不用，大爺，這馬車我們是租來的，以後還回去就好了，租金也不貴，況且我哥哥這傷勢也不能走路，你們就安心坐吧，就當感謝您收留我們，還請我們吃了一頓飯。」

她不敢說是買的，怕老人家心裡負擔太重。

晏承平也開口勸道：「大爺，您就安心坐吧，都是我的傷勢走不了路才要租馬車，如果還要您掏錢，不是讓我太慚愧了？」

大爺一想，放下要掏錢的手，由著程稚清扶著他們上了馬車。

馬車啟程後，大爺歡歡喜喜地撩開簾子和大娘一起看窗外飛逝的景色，感慨道：「這輩子都沒能坐上馬車，今天託你們的福了。」

「哪有，我們坐馬車不用三天，應該今天傍晚就能到了。」程稚清買馬車時，特意問過商人，得到了這個回覆。

馬車只需要三個時辰便可到江城，如果靠人腿走卻要十二個時辰，排除晚上時間，大爺的女兒走三天算快了。

程稚清趕了三個時辰的路，終於在天黑之前到了江城，進了城門，不遠處的茶攤剛要收攤。

茶攤老闆見程稚清將馬車停在茶攤邊上，不由得開口。「這位小哥，我們今日已經收攤了，實在不好意思。」

車廂內的大娘聽見熟悉的聲音伸手推開車廂門，半個身子探了出來。「女婿啊。」

茶攤老闆見到大娘不由向馬車方向邁了一步。「娘？娘，您怎麼來了？爹呢？是不是爹出什麼事了？」

他只見到岳母一人，不由得擔心是否岳父出了什麼事，才讓岳母孤身一人出來尋他。

大爺見車門的位置被大娘的身子擋得嚴嚴實實，腦袋從車窗探出來，應道：「女婿啊，我沒事。」

茶攤老闆聽見岳父的聲音，擔憂的心瞬間放下來。「爹娘，你們怎麼來了？是不是家裡有事？」

程稚清見狀開口道：「大娘，還是回去說吧！天快黑了，讓大哥把東西收拾收拾，先回去吧。」

「對、對，女婿你快收拾，我們回去再說。」大娘被程稚清這麼提醒才恍然大悟，天黑了收拾起來就不方便了。

茶攤老闆看著程稚清，疑惑道：「娘，這是？」

「他們兄哥來江南尋親，我們在家裡沒等到你們回來實在擔心，便跟著一起來江城，他們順便捎帶我們一程。」大娘解釋道。

茶攤老闆對著程稚清一拱手。「多謝這位小哥送我岳父、岳母一程，眼看著天就要黑了，不如小哥和我們回家將就一晚？」

程稚清剛要拒絕，大娘便應了下來。「行，就這麼辦。」

程稚清想了想也沒有推辭，茶攤大哥擺了這麼多年的攤子，消息一定很靈通，爺爺的消息還要問問他。

「那就多謝這位大哥了，今晚我兄弟二人打擾了。」

茶攤老闆樂呵呵道：「不打擾、不打擾，我叫王壯，你喊我王大哥就好了，我還要多謝你們照顧我岳父、岳母。」

「王大哥叫我小嚴就行。」程稚清跳下馬車幫著王壯收拾攤子。「大爺、大娘，我幫著王大哥收拾，你們就不用下來了。」

二人動作麻利地收拾完東西，王壯在前面推著車帶路，程稚清駕著馬車跟在後頭。

不多時，王壯停在一間屋子前喊著。「媳婦，媳婦，妳看誰來了？」

沒過多久屋中的人便出來開門，王氏看了看，疑惑道：「誰來了？」

她沒見到跟在王壯身後的馬車，她幫著王壯將攤車推進屋中，一邊碎碎唸著。「相公，你說我們沒有回家，爹娘是不是擔心了？早就說接爹娘過來，偏偏爹不願意，這下有個什麼事都不能及時讓他們知道，還讓他們在家中白白擔心。」

程稚清扶著大娘下馬車，大娘在來的路上一直沒有閨女的消息，她還以為閨女出了什麼意外，擔心了好久，不過現在聽見閨女的聲音後，緊繃的神經瞬間放鬆下來。

「閨女，閨女……」

王氏手上的動作一頓，抬頭疑惑道：「相公，我好像聽見娘的聲音了。」

王壯哭笑不得，剛才他在門口都白喊了。「是娘來了，爹也來了，就在我們身後呢！」

王氏聽見王壯這麼說顧不上幫忙，轉身便要出門，她還沒踏出門就和娘迎面撞上。

「娘，您怎麼來了？爹呢？爹在哪裡？」

大爺著急地趕上來。「閨女，我在這裡呢。」

「爹娘，你們怎麼來了？是不是家裡出事了？走走走，我們先進去歇歇。」王氏還以為她爹娘走了三天來的，心疼壞了，趕忙攙扶著她爹娘往屋內走去，顯然已經把王壯給忘記了。

王壯不好意思地看著程稚清。「小嚴，不好意思啊，我媳婦她太高興了，不是故意忽視你們。」

程稚清搖搖頭，走上前幫著王壯把車推往院中，再騰出地方將馬車也趕進院內。

程稚清扶著晏承平跟著王壯走到屋中，屋內點了燈，王氏陪著大爺、大娘在說話。

王氏一看見程稚清和晏承平，驚訝地站起來，看向王壯。「這是？」

王壯連忙解釋一下，王氏聽完後才走上前。「小嚴兄弟，快坐快坐，不好意思啊，剛才太過著急把你們給忘了，還要多謝你們把我爹娘帶來。」

程稚清扶著晏承平坐下。「嫂子好，哪裡有什麼謝不謝的，我兄弟二人還要多謝大爺、大娘收留呢！」

一家人坐下來，大爺面帶嚴肅開口問道：「閨女啊，是不是家裡出什麼事了？我們在家裡等妳，見你們遲遲沒有回來，著急啊！」

王壯既著急又開心地解釋道：「沒事。爹，就是媳婦又懷孕了，才剛一個月，這不是怕路上不穩妥，所以就沒有回去，原本我想著過兩天先回去一趟，告訴你們這個好消息，誰知道你們先來了。」

大娘聽到閨女又懷孕了，滿臉喜色。「喲，又懷上了！好啊，沒什麼事就好，這樣娘就放心了。」

王氏拉著娘的手。「娘，您看您跟爹來都來了，就別回去了，我這裡還要您看著呢。」大娘一擺手。「我們看看你們就回去了，妳有了孩子，要花錢的地方大著呢，我們兩個老的可不能給妳和女婿添麻煩。」

王壯跟著開口勸道：「爹，媳婦說得是，你們留下來吧！我們這幾年攢的銀子也夠上戶籍了。」

「行了，行了，不用勸了，我跟你娘過幾天就回去了，這次就是來看看你們怎麼樣了，人都好好的，我們就放心了。花錢上戶籍做什麼，這銀子留著給孩子上學用。」

王壯夫妻還想接著勸，就被大爺給打斷了，他對著程稚清說：「小嚴，你們兄弟不是來尋親嗎？我這女婿天天在城門口擺攤，他知道得多，說不定知道你親戚在哪裡。」

王壯看向程稚清和晏承安。「對，小嚴兄弟，你們親戚是做什麼的？說不定我知道。」

程稚清看了一眼晏承平，見他微不可見地點了點頭，才放心跟他們說：「王大哥，你知道江南首富程萬嗎？」

王壯一家人聽到這個名字震驚不已，王壯結結巴巴地道：「你說的親戚是江南首富程萬？」

程稚清見他們這反應不敢直接承認，連忙擺手，隨意找了個理由。「不是，我要是他親戚，現在不知道多發達。我娘說，我外公在江南首富家當差，我想先問這個首富家在哪裡才好去找人。」

王壯了然點頭。「這程萬啊，早在十幾年前就不是首富了。」

程稚清一驚。「怎麼回事？」

王壯搖了搖頭。「具體的我們普通老百姓也不知道，只知道程萬十幾年前突然做生意失敗了，賠了好多錢，家中大宅子都賣出去了。」

程稚清不知怎麼辦才好，賠了很多錢，房子都賣了，那爺爺現在怎麼樣了？

晏承平看出程稚清的擔憂。「王大哥，你知道程萬搬去哪裡了嗎？我們親戚的事還是要找到程萬才行。」

王壯依然搖了搖頭。

「那你知道那宅子裡現在住的人是誰嗎？」程稚清急忙開口。

王壯靠近眾人，小聲說道：「聽說啊，那宅子被以前程萬的死對頭給買了，百姓都在傳言，這戶人家使了手段才將程萬給搞垮的。」

程稚清點了點頭。「王大哥知道那宅子在哪裡嗎？」

王壯將宅子的位置告訴程稚清。

「多謝王大哥，要不是你，我們兄弟恐怕還像無頭蒼蠅一樣到處亂撞呢！」

王壯撓了撓頭，憨笑道：「我也沒幫上什麼，哪裡用得著道謝。」

這時一個小孩跑進門。「爹、娘，今晚吃什麼，你們怎麼沒叫我回家吃飯？」

王壯夫妻相互看了一眼，王氏聽見兒子叫喚才想起來自己忘了什麼，急急忙忙向廚房走去。「都怪我這腦子，自從懷孕後，越來越記不住事，飯已經好了，等我炒兩道菜就行了，你們等等啊。」

王壯抱住兒子。「你看誰來了？」

小孩看向面前兩個老人，他開心掙扎著從王壯懷裡下來，跑著奔向老人身邊。「外公、外婆你們來啦！我好久沒見到你們了。」

大爺、大娘也很開心見到孫子，大爺把孫子抱在懷中，用臉貼了貼孫子的臉。「外公也好想你。」

大娘揉了揉孫子的頭，便起身去廚房幫閨女做菜。如今閨女懷孕了，自然不能太過勞累，孫子在這裡又不會跑，一會兒也見得到。

沒多久，王氏和大娘拿著碗筷走進來。「來來來，大家吃飯了，沒什麼好東西，將就著吃啊。」

王壯將碗筷分給程稚清二人招呼著。「對、對，小嚴兄弟快吃，粗茶淡飯別嫌棄啊！」

程稚清接過筷子。「哪裡會嫌棄，我們在家裡都難得吃上這麼好的飯菜。」

吃完飯後，王氏安排眾人休息，程稚清和晏承平睡一間。

臨睡前，王壯還交代程稚清。「小嚴明天可別急著走，留下吃頓早飯，然後我帶你去那宅子。」

程稚清笑著應下。「好，謝謝王大哥。」

二人回到房間關上門。

程稚清扶著晏承平坐下，她有些焦躁地來回走動。

「你說這到底怎麼回事啊？我爺爺稱霸江城這麼多年，成為江南首富，怎麼可能一夕之間突然敗落？」程稚清突然湊近晏承平。「你說這是不是我那個爹搞的鬼？」

晏承平瞧著突然在眼前放大的臉，心跳漏了一拍，雖然程稚清的臉上做了些偽裝，但那雙眼睛依舊明亮清澈。

他還沒反應過來，程稚清又直起身子接著說道：「剛才王大哥說的十幾年前，應該是我娘死了之後。我娘還在時，爺爺經常從江城運東西來京城，那些東西都價值不菲。一定是我那個沒皮沒臉的爹在我娘死後，怕我爺爺把他入贅的事情講出去，所以使了手段。」

見她一屁股坐在床上憤憤不平，晏承平坐在一旁，輕聲安撫。「好了，別這麼生氣了，程爺爺既然能夠稱霸江城那麼多年，怎麼可能一夜之間敗落，肯定在哪裡等著妳去找他呢。」

程稚清聽著晏承平這麼說也覺得有道理，不過還是後悔不已。「早知道當初多訛程明知一點銀子，才拿了他一萬五千兩實在是太便宜他了。」

「好了，別生氣了，今天跑了一天不累嗎？快些休息吧。」晏承平看著程稚清虧了錢的樣子，不由得發笑。

程稚清看了看床又看了看晏承平。「今晚怎麼睡？」

「妳睡床，我睡地上就好了。」晏承平毫不猶豫地說道。

程稚清一臉不贊同，她反駁道：「這怎麼行，你還受著傷怎麼能睡地上？你睡床，我去外頭搬幾條凳子拼在一起睡一晚。」

她站起來就要扶著晏承平去床邊，晏承平無奈道：「不用了，一晚可以的，我睡地上就好。」

程稚清瞪著他，給了他兩個選項。「要麼我扶著你過去，要麼我直接抱著你去床上，你挑一個吧，要是以前我肯定打不過你，但是你現在受傷了，放倒你不是問題。」

晏承平想了想自己被嬌小的程稚清抱著去床上的畫面，實在是慘不忍睹，他不敢反駁，站起來由程稚清扶著他躺到床上。

程稚清去院中搬了幾條凳子回到房中拼起來，也躺下了，她轉頭看向晏承平。「快睡吧。」

聽見晏承平「嗯」一聲後，她也閉上眼睛，過了不知多久，晏承平呼吸逐漸平緩，突然她想到晏承平的藥還未換，她又起身，走到床邊輕輕喊了兩聲。「晏承平，晏承平？」

只見晏承平沒有回話，程稚清便認為他已經睡了。

屋內漆黑一片，僅有月色透進來一點點光亮，程稚清藉著月光扯開晏承平的衣服，手才剛放上他的胸口處，便被一隻大手握住。

晏承平睜開眼睛，看向手的主人，聲音沙啞。「做什麼？月黑風高想當一回採花賊？」

程稚清被他的話逗笑了，揮開他的手。「什麼採花賊，今天的藥還沒換呢，你既然沒睡著，為什麼剛才喊你，你都不回答？」

「因為我想看看妳這個偷心的小賊想要做什麼。」

程稚清能夠看清晏承平的眼睛，他的眼中好似有一汪清泉，裡面浸著溫柔，她莫名覺得臉上熱熱的，想要反駁卻不知道說什麼。

她把手中的藥瓶丟在晏承平身上，慌忙轉身躺回凳子上。「既然你醒著，那你就自己上藥吧，我睏了，先睡了。」

程稚清聽著晏承平的輕笑聲，暗罵自己沒出息，明明已經在一起了，她在慌個什麼勁？

她一邊想著，一邊聽著耳邊傳來窸窸窣窣的聲音，意識漸漸模糊，再一睜眼便是天亮了。

兩人收拾好，在王家吃過早飯後，便拜託王壯帶他們去之前程萬住過的宅子。

臨走之前，程稚清在床上放了十兩銀子，希望大爺和大娘不用為了錢而煩惱，可以用這十兩銀子留在女兒身邊。

「到了，這裡就是程萬之前住的那棟宅子。」王壯指著不遠處的一棟大宅子說道。

這宅院確實豪華，一整條街都囊括其中，四周沒什麼人，十分安靜。

程稚清看了眼前面的宅子，朝王壯一拱手。「多謝王大哥帶我們過來，今日煩勞王大哥了。」

王壯連忙扶起程稚清。「都是小事，小嚴太客氣了。」

「王大哥請回吧，已經耽誤你這麼多時間，實在太不好意思了。」

王壯點點頭向他們告辭，他心裡其實也挺著急的，畢竟攤子少開一會兒就多耽誤一會兒賺錢的機會。

程稚清見王壯走後，和馬車裡的晏承平說一聲，便上前敲門。

沒多久，大門開了一條縫隙，有個家丁從裡頭探出頭來上下打量了一眼程稚清。「找我們老爺的拜帖，你有嗎？」

程稚清上前一步。「這位小哥，我不是找你們家老爺的，我想打聽一點事。」門後的家丁一臉警惕地看著程稚清。「你想問什麼？」

程稚清靠近他，往他手中塞了一兩銀子，家丁看著手中的銀子露出一絲笑容。「說吧，你想問什麼？我可事先跟你說好，主家的事我不會跟你說。」

「聽說你們府邸之前是一個叫程萬的人的，還挺有錢的。」

家丁露出不屑的眼神。「他啊，你問他做什麼？」

「還不是家裡出了點事，我從關城到江城找親戚，聽說我這個親戚以前在程萬家裡做管家，誰知道來了江城，才知道程家早就沒落了。想向你打聽打聽，看看還能不能找到人。」

「哦，你說這個啊，我還真知道，我爹是府裡的老人了，我也算自小在這裡長大的。不過你說的程家管家，我就不知道他去哪裡了，當初程家把宅子賣給我們老爺後，他們家的下人好像都走了。」

程稚清面上帶著遺憾又急忙補了一句。「那你知道程萬現在住在哪裡嗎？」

家丁狐疑地看了她一眼。「你問程萬做什麼？」

程稚清知道自己過於著急，解釋道：「我的親戚在程家做管家的，他走之前應該會告訴程萬去哪裡吧？我去找程萬問一下，看能不能知道我親戚在哪裡。」

家丁將信將疑地點了點頭。「程萬啊，說起來當年也是個響叮噹的人物，現在就不行嘍。不過你想知道他住哪裡，我爹有一次在城北遇見他，就在城北那條街上最後一家，看著挺慘的。」他用手指了指身後的宅院。「以前住在這麼大的宅子裡，奴僕成群，現在只有一間一進的小院子。」

程稚清見自己想問的東西都問到了，便不再跟家丁廢話。「多謝小哥。」

程稚清回到馬車上，將自己聽到的事情告訴晏承平，他們即刻前往家丁說的地方。

程稚清駕著馬車來到家丁所說的地方，這條街有點狹小，馬車差點進不去。

他們將馬車停在街尾，程稚清先跳下車後，再扶著晏承平下車，他們走到那戶人家門口敲了敲門。

「有人在嗎？」程稚清敲了好幾聲都沒有人應，反而是隔壁的大娘開門，把頭探了出來。「你們找誰啊？」

「大娘，妳知道這戶人家去哪裡了嗎？」

大娘看見程稚清身後的馬車眼中閃過一絲驚訝，沒想到這窮酸老頭居然還有這麼有錢的親戚，她語氣中有嫌棄的意味。「他啊，估計在外面幫人寫信吧。」

「寫信？」程稚清疑惑道。

「對啊，他就一個人，也沒見到有子女，幸好還能寫信賺點銀子，不然等著餓死嗎？你們來找他做什麼？」大娘問道。

「哦，我來找一個親戚，聽人說我這親戚跟他認識，所以過來問問看。」

大娘一聽撇撇嘴，小聲跟程稚清說：「我跟你說啊，這老頭凶巴巴的，你們可得小心點，上次我孫子就被他嚇哭了。他沒賠禮也不道歉，就這樣不管不顧地走回家了。」

程稚清不想聽這些有的沒的，她打斷大娘的話。「大娘，妳知道他什麼時候回來嗎？我真的有急事。」

大娘一看程稚清不願意搭理她，她就歇了八卦的心。「那你就等著吧，估計快了。」說著，「啪」一聲關上門。

程稚清和晏承平坐在馬車上等著，也不知道過了多久，終於見到一個頭髮亂糟糟、看起來很滄桑的老頭走過來了。

程稚清看著遠處走來的人有些激動，她緊抓著晏承平的手。

晏承平只覺得自己的骨頭都快要被程稚清捏斷了，他艱難開口。「稚清，妳冷靜些，妳再大力些，我的手就不能用了。」

程稚清聽到晏承平的話，嚇得鬆開他的手，不好意思地對他笑了笑。

老人已經走過來，看著擋在自己門口的馬車，皺著眉頭。「你們是誰？」

程稚清不敢說話，怕認錯人。

晏承平先下馬車，對著老人拱了拱手。「請問老人家是程萬程先生嗎？」

老人聽到這個名字，眉頭緊鎖。「你們要做什麼，找他幹麼？」

看到老人這個反應，程稚清大概能確定眼前這老人就是她的爺爺了，她走到他面前，舉起手露出手腕上的木鐲給老人看。

老人見到木鐲，震驚地後退兩步，他指著程稚清手上的鐲子。「可……可以給我看看嗎？」

程稚清把木鐲拿下來遞給老人。

老人深深地看了一眼程稚清，接過木鐲仔細端詳，他拿著鐲子在手中擺弄著，不知道按到哪裡，鐲子便一分為二。

他看著手中兩截的鐲子有些激動，這個鐲子是孫女出生時，他找了位能工巧匠做的，可以根據手腕的大小調節鐲子，裡頭還可以藏點東西，原本只是想給孫女一點保障，沒想到這輩子居然還能再看見這個鐲子。

老人拉著程稚清進家門。「走，走，我們進去說。」

晏承平見沒人搭理他，默默跟在他們身後一同進去。

第二十章

老人拉著程稚清進門後，不放心地將頭伸出門外看了看，見外面沒有人，再把門緊緊關上。他又拉著程稚清走進屋內，將門關好。

「這鐲子哪裡來的？」

程稚清不知道為什麼，此時反而沒有剛才激動的心情。「我娘給我的。」她已經將鐲子裡的信件拿出來，所以現在鐲子裡什麼也沒有。

老人有些激動，突然一把抓著程稚清。「你說鐲子是你娘給的，你娘是程書楠嗎？」

程稚清看著他的眼睛。「是。」

老人圍著程稚清轉了兩圈，不停上下打量，嘴裡也不停念叨著。「不對啊，不對啊……我閨女生了一兒一女，這年齡對不上啊。」

聽老人說程書楠是他閨女，程稚清就可以確認眼前的老頭是程萬。

程稚清聽到老人這麼說，有點哭笑不得。「爺爺，我是稚清。」

程萬大吃一驚。「稚清，『你』是稚清？稚清不是個女娃娃嗎？還是他們消息傳錯了，其實是個男娃？」

程稚清耐著性子解釋道：「我是女孩，為了來江城找您，做了點偽裝，我一個女孩出門在外，可不得有點防範。」

程萬贊同地點點頭，拉著程稚清坐下。「妳說得對，女孩在外就是要保護好自己的安全。

「妳怎麼突然來找我，妳爹對妳不好？他欺負妳了？」程萬看著程稚清突然開口說道：「我就知道妳爹不是個好東西，自從妳娘死後，我想接你們兄妹回來江城，誰知道妳爹卻跟我說，你們不想見我也不願意跟我回來，我一時生氣就沒管你們兄妹。」他嘆了一口氣接著說：「我回江城後實在放心不下你們，又悄悄派人去京城打聽，誰知道打聽到妳爹又成婚了。」

他不禁老淚縱橫。「妳娘才死沒幾天啊，他便趕著娶親了。我本想將你們搶回來，結果他和李家聯手使手段誣陷我，害程家的生意一落千丈，手忙腳亂下，我也沒空找你們了，最後我們家房子賣了，店鋪都沒了。我一個無權無勢的老頭還怎麼去接你們回來、照顧你們？你們好歹是他的兒女，怎麼也不會對你們太差。

「我一個無依無靠的老頭留在江城，他不會對我怎麼樣，要是你們也跟著我，被人知道他入贅我程家，怕是我們祖孫三人就要一起在地下見了。」

「爺爺您別傷心了，他現在應該沒空管我們。」程稚清聽著嘆了一口氣，從懷中拿出當初她娘留下來的信件給程萬看。

程萬顫顫巍巍地接過信件看了起來，看著信中女兒的愧疚想念，忍不住潸然淚下。他心疼地看著程稚清。「程明知那個白眼狼是不是對妳很不好？是了，有了後娘就有後爹，他怎麼可能對妳好呢？」

「爺爺，都過去了，娘走之前給我定了一門親事，嫁過去當天夫家便下了獄……」程稚清把晏家的事說給程萬聽。

程萬虎眼一瞪，看向晏承平。「是不是就這臭小子？」

晏承平拱手。「程老爺子。」

程稚清故作吃驚，誇讚道：「爺爺您可真是火眼金睛，一下就看出來了。」

程萬對著程稚清又是另一副樣子，笑呵呵道：「妳爺爺我活了這麼多年頭，這點眼力還是有的。」

程稚清接著說起自己的事。「那天他把我丟到隨意租的院子中，我偶然打開鐲子，才知道娘是被他們害死的。娘留了東西給我，我藉著嫁妝的事假意上門，拿回娘的牌位和東西，還藉著入贅書契狠狠敲詐了程明知一筆。」

程萬聽得很認真，程稚清接著說：「憑什麼他害死我娘還能享受我娘買的東西？所以離開京城那日，我把娘買的房子地契給賣了，賣了足足八萬兩。他現在應該沒空理我們了。」

程萬大喝一聲。「好，不愧是我的孫女，就是要給這頭白眼狼一點教訓！妳出了事，天磊一點都不知情嗎？」

程稚清解釋道：「哥哥為了不讓我被繼母她們欺負去從軍了，好幾年都沒有傳消息回來了，連我婚禮那日都沒有回來。」

晏承平雖然知道程稚清的往事，但是現在聽見依然心疼她，當聽到天磊這個名字時，他覺得有點耳熟，但實在想不起來到底在哪裡聽過。

「爺爺，我現在有錢了，您不管想做什麼都行，孫女養著您，我們把失去的那些東西給搶回來。」程稚清氣勢洶洶地說道。

程萬欣慰地看著程稚清。「爺爺年紀大了，做不動生意了，現在只想在這裡等妳舅舅回來。」

程稚清不知道自己還有一個舅舅，疑惑道：「舅舅？」

程萬嘆了一口氣。「妳不知道也正常，妳娘走的時候妳還小，也沒人跟妳說過這些。妳舅舅叫程書榆，他在妳娘還未出嫁的時候就失蹤了，如果他還在，妳娘就不用招贅，也不會遇到那個狼心狗肺的東西。」

程稚清勸道：「爺爺不如跟我去幽州吧，我們去幽州等哥哥和舅舅。現在家裡的宅子都賣了，就算舅舅回來了，也找不到您，況且我們連舅舅的下落都沒有，先去幽州然後再讓人慢慢找，您看如何？」

晏承平生怕程稚清沒有勸動程萬，反而跟著他留在江城。「程老爺子，您跟我們一起回去吧，回去之後我讓人開始尋找他們的下落。」

程萬鄙夷地看了一眼虛弱的晏承平。「你？你們家流放之時靠著我孫女才安全到達幽州，況且你們一家現在都是戴罪之身，哪裡來的人可以幫忙？」

晏承平不卑不亢地回答。「程老爺子有所不知，我晏家在大魏也算有點人脈，只是那天事發突然，加上家中出了白眼狼，才導致我晏家一夕之間敗落，而與晏家交好的人家都被皇帝調動出去，等他們知道消息，我們已經在流放路上了。在幽州時，我已聯繫上晏家的舊部，待時機成熟，欠晏家的都得還。」

程稚清瞪大眼睛看著晏承平，她不知道他居然已經開始謀劃了，她還以為晏承平在家真的只有打獵其他什麼也不幹，現在回想起來，他總是時不時就不見人影，想來大概就是如他所說的去聯繫下屬了吧。

程萬看著晏承平，心裡嘆了一句也是可憐人，面上還是沒有動容。「我考慮考慮吧。」

程稚清拉著程萬的胳膊撒嬌道：「爺爺，您看，您在江城等了這些年，舅舅都沒有回來，我們要主動出擊派人去找，不然萬一舅舅遇到什麼麻煩事，您一點也不知道，您說是不是？再說了，我若跟著晏承平回晏家，您都不想看看我婆家是什麼樣的嗎？萬一我像我娘一樣所遇非人呢？」

晏承平聽到這話不樂意了，本來程老爺子對他就沒有什麼好臉色，這不是敗壞他名聲嗎？

他正了正臉色，誠懇地看向程萬。「老爺子，我向您保證以後絕對不會辜負稚清，如果將來違背今天所說，願意以死謝罪。」

程稚清瞪了一眼晏承平，示意他趕緊閉嘴，她拉著程萬的手。「男人的嘴就是會騙人，您看我那個狼心狗肺的爹，以前也是信誓旦旦地跟您說會對我娘好，結果他卻親手給我娘下毒。您可得在我身邊，看著他才行。」

程萬沒有說話，臉上的表情顯然有些鬆動，程稚清不依不饒地喊著。「爺爺，您就跟我走吧，我們一起去幽州。爺爺……」

程萬聽著這一聲聲「爺爺」頭都大了，他無奈地點頭。「好好好，跟妳走、跟妳走，我們一起去幽州，別唸了，爺爺的老骨頭都要被妳搖散架了。」

程稚清聽到此話，開心地蹦了起來。「那我們五天後啟程，晏承平受了傷，等他休養幾天傷勢好一些了，我們再走。」說著，她拉著程萬。「爺爺我們快去收拾東西吧，把東西都帶走，說不定以後不回來了。」

程萬無奈地拉住程稚清。「好了、好了，別著急，還有五天可以好好收拾。餓了沒？爺爺煮點東西給妳吃。」

程稚清現在才想起來原來飯還沒有吃。「爺爺我煮給您吃，我的手藝可好了，保證您吃了一次還想再吃。」

程萬心裡酸酸的，他的孫女應該是千嬌萬寵長大的，如果不是為了活著，怎麼會下廚呢？

程萬面上開開心心地應道：「好，好，爺爺就等著妳這一頓了。」

他本來不覺得程稚清的手藝能有多好，畢竟他自己的手藝就差得出奇，不過這是孫女為他煮的第一頓飯，就算是毒藥，他也會樂呵呵嚥下去。

程稚清為了節省時間便做了麵條，她把煮好的麵端到程萬面前。「爺爺可以吃了。」

程萬看著這平平無奇的麵條，心想看著還行，應該不難吃。

程稚清坐下後見程萬沒有動筷。「爺爺，吃啊。今天時間有點緊，所以只能做麵條，等明天再給您做大餐。」

程萬笑著應道：「好，好，我這就嚐嚐。」

程萬拿起筷子挾麵送入口中，麵條入嘴的那一刻，他就震驚了，沒想到普普通通的一碗麵，他孫女居然能做得這麼好吃。

這十幾年來他身邊沒有人伺候，也不敢花錢去外頭買，只能自己下廚，他那廚藝只能說吃不死人。

他好久都沒吃到這麼好吃的東西了。

程稚清看著程萬狼吞虎嚥的樣子，哭笑不得。「爺爺，您慢些吃，鍋裡還有呢。」

程萬嘴裡塞著麵條，含糊不清道：「好好，妳也快吃，太好吃了。」

三人吃完飯後，程稚清安排晏承平在家裡養傷，而她則藉口出門買藥材。

原本她想出門後從空間拿就好了，誰知道程萬硬要跟著她一起去，她只能老老實實去藥鋪。

「乖孫，妳還會醫術？」程萬驚奇道，他沒想到孫女廚藝好之外還會醫術。

程稚清謙虛道：「會一點點，在家無聊就學了。」

程萬看著程稚清的眼神越發心疼，在他看來，程稚清都是因為在程明知家中受盡虐待，才學會醫術和廚藝。

程稚清受不了這可憐兮兮的眼神，趕緊拉著程萬進藥鋪，把所需的藥材報給藥僮，付銀子拿了藥材後離開，還順便去買了菜。

程稚清拉著程萬準備回去時，程萬拉住她，說要帶她去一個地方。

他之前害怕程明知會派人盯著他，所以一直不敢去。現在聽說程明知不太如意，那麼這筆東西便可以交給孫女了。

他帶著程稚清兜兜轉轉地來到墓地，站在一塊墓碑前。「這是妳奶奶的墓。」他對著墓碑道：「老婆子，這是我們孫女，妳也看看。我要跟著孫女去幽州了，去照看她，不能讓她像書楠一樣，不過以後不能在江城陪著妳了……」

程稚清看著程萬落寞的樣子，主動站到墓碑前。「奶奶，我是稚清，以後我會好好照顧爺爺的，您就放心吧，有時間我就帶爺爺回來看您。」

程萬看著程稚清笑了笑，兩人就這樣在墓碑前站了一會兒，程萬突然走向旁邊的一塊墓碑開始挖土。

程稚清怕他受了刺激，趕緊攔住他。「爺爺，不行啊，我們不能幹這種刨人棺材的缺德事啊。」

程萬看了她一眼，沒想到看著聰明伶俐的孫女也有犯傻的時候。「這是妳爺爺我留給自己的，在妳奶奶邊上的墓，當然只能我躺。」他又神秘兮兮地湊近程稚清。「爺爺在裡面留了好東西。」

程稚清一聽不是別人的墓瞬間放下心來。「咳，您也不早說，我還以為您受了什麼刺激呢。」說著她也來了興趣，學著程萬的樣子小心翼翼地湊了過去。「什麼好東西？」

墓地這邊沒什麼人來，一般人家都嫌晦氣不會主動過來，畢竟程萬要離開了，這裡面的東西還是要盡快帶走。

程稚清從邊上找了一塊木板幫著程萬一起挖，兩個人速度快多了。

突然挖到一個箱子，程稚清像挖到寶藏一樣叫了起來。「爺爺快看、快看，是不是這個？」

程萬忙蹲下一瞧。「是是是，快拿出來，拿出來。」

找到第一個箱子後，後面的箱子也漸漸出土了，一共有十個箱子。

程稚清好奇地蹲在箱子前，等著爺爺揭開箱子裡的秘密。

程萬見程稚清這麼好奇也沒有吊她胃口，他快速打開一個箱子。

程稚清被箱子中的金光晃花了眼，張著嘴巴，果然還是她見識短淺了。

那箱子中全是金條，滿滿一箱子的金條！

程稚清看程萬繼續開箱，說實話，見識了這麼多的金條後，她明顯有些波瀾不驚了。

「爺爺，您有這麼多金條，為什麼不放到錢莊裡去，還給別人寫信賺銀子生活？」

程萬嘆了一口氣耐心地和程稚清解釋道：「整個江城都知道我程萬做生意失敗了，房子都賣出去填窟窿，我拿著這麼大一筆金子去錢莊存，不就是告訴他們，我程萬耍你們玩的？再說了，十幾年前不僅程明知盯著我，李家也盯著我，我不過得慘一些怎麼能夠讓他們相信我已經沒錢了，從而放過我？」

程稚清聽著程萬的解釋，眼中散發出崇拜的光，由衷地讚嘆道：「爺爺您可真厲害，未雨綢繆！遠見卓識！」

程萬此時一點沒有初見時孤寡老人的模樣，他聽著孫女的讚揚有些不好意思。「哪有哪有，就是比別人想得多那麼一些，不足掛齒。要是妳沒有來找爺爺，妳舅舅也沒有回來，這十箱金條大概就長埋於此了。」他站起來拍了拍身上的塵土。「好了，我們回去吧！」

程稚清看著地上的金條，面上露出為難的神色。「爺爺，我們要把這些金條全都搬回幽州去嗎？我們還是找個錢莊存起來好了。」

帶著這些金條上路，她得提心弔膽，雖然她有空間，可是別人不知道啊。

程萬想了想，道：「要是能存到萬通錢莊就好了，萬通錢莊在哪裡都有分行，就連大月都有，還不受上位者管控。不過要去萬通錢莊得有他們的令牌，不然進不去。要是爺爺有令牌，十幾年前就不用這麼大費周章藏金條了。」

萬通錢莊？怎麼這麼耳熟……

她絞盡腦汁想了又想，終於想起來，她好像有這個令牌。

程稚清把手伸進袖子裡，從空間中拿出她娘留下來的令牌，舉到程萬眼前。「爺爺，是不是這個？」

程萬瞪大眼睛，從程稚清手上拿過令牌細細端詳，他沒見過萬通錢莊的令牌，不過看著像真的，他不可置信地問程稚清。「這個令牌哪裡來的？」

程稚清茫然說：「我娘留給我的。」

程萬思索了一番，他閨女不知道怎麼拿到這個令牌的，不會是別人騙了吧。

他拉上程稚清，把金條搬到馬車上。「走，我們去萬通錢莊試試看，假的我們也不虧，若是真的，剛好把金條存進去。」

兩人一路風馳電掣地來到萬通錢莊門口，錢莊位在江城中心，有三層樓高。

程萬沒有下馬車，他在馬車上等程稚清，雖然十幾年過去了，他不知道還會不會遇上熟人，乾脆躲在馬車上。

程稚清揣著令牌大搖大擺地走進去，就有小二走上前詢問。「客人請問您有令牌嗎？」

程稚清雖然內心緊張，但還是面不改色地拿出令牌。

小二恭恭敬敬地接過仔細端詳後，把令牌還給程稚清。

程稚清感覺小二自從看了令牌後對她更恭敬了。「這位客人這邊請。」

「您請坐，稍等片刻。」小二將程稚清帶入雅間，說完就出去了。

隨後是一位年紀較大的中年男子進入雅間。「客人您好，我是錢莊的掌櫃。請問您的令牌是哪裡來的？」

程稚清皺了皺眉。「我娘留給我的，怎麼了？」

「是這樣的，我們錢莊對不熟悉的客人要進行詢問，以免令牌是通過其他路徑獲取來的，請問您娘親是？」

「程書楠。」程稚清淡淡說出娘親的名字。

掌櫃點點頭。「好的，請問您今日是來取銀子的嗎？」

程稚清從來沒有想過她娘的帳戶還有銀子，頓時來了興致。「我娘的帳戶裡有多少銀子？」

掌櫃臉色有點微妙。「您的帳戶裡沒有銀子。」

程稚清聽到這個回答，翻了一個白眼。「那你問什麼，知道沒錢還問我要不要取錢。」

掌櫃見程稚清好像什麼也不懂的樣子，向她解釋了一番。「這個令牌是我們錢莊東家的，他在多年前送給救命恩人，並說只要拿著令牌上門者，萬通錢莊可以答應他一個要求，不管是什麼要求。」

「我要一百萬兩銀子也可以？」程稚清弱弱地問了句。

掌櫃頷首。「只要我們萬通錢莊拿得出來都可以。」

她娘怎麼到處救人啊，救的還都是大人物……

程稚清震驚到了，咳了兩聲緩解自己驚訝的情緒。「我今天就想來存個錢，應該不算要求吧？」

掌櫃恭敬道：「自然。」

程稚清站了起來，點點頭。「那要求以後再說吧，你先跟我出去搬錢。」

掌櫃帶著人手隨程稚清走到馬車前，搬下那十箱的金條回到錢莊，掌櫃不愧是見過大世面的人，見到這麼多的金條，面色一點也沒有變化。

他讓手下清點完後，將數量報給程稚清。「如果數量沒問題，請在這裡簽字，確認無誤，這些金子就入庫了。」

程稚清點點頭，接過他手中的紙筆上前簽了字，一切都搞定後，掌櫃恭恭敬敬地將她送出錢莊。

程稚清回到馬車上將事情告訴爺爺，本想從程萬這裡知道點什麼，結果程萬看起來比她還驚訝。

程萬愣愣地說了句。「妳娘可真厲害啊！」

程稚清也不知道該說什麼好，只好默默地點了點頭表示贊同。

馬車停在家門口，程萬將準備下馬車的程稚清拉回馬車中，他千叮嚀、萬囑咐。「乖孫啊，我們祖孫去挖金子這事，可千萬不能告訴裡面那個臭小子，知道了嗎？」

財帛動人心，程萬也是怕又一個程明知出現。

程稚清看著程萬，大有一種「妳不答應我，我就不放妳進去」的感覺，她無奈地應了。

「知道了，知道了，保證絕對不告訴他。」

程稚清本也沒打算將這些金條的存在告訴晏承平，在她看來，這筆金子是她爺爺的又不是她的，她沒有資格說出去。

兩人回到家中，程稚清先是給晏承平熬藥，然後幫大家做了飯菜。

程萬吃飯時，嘴裡塞滿菜，他突然想到一件事。「乖孫，爺爺的路引怎麼辦？」

程稚清頭也沒抬，這事她很熟練。「花銀子辦了唄。」

程萬努力吞下嘴中的食物。「要是這麼簡單，我還需要問妳？李家每年花了銀子買通官府的人，要是我有出城的打算，他們是不會給我做路引的。爺爺之前本想著出去找妳舅舅，結果就是因為這路引的問題，才在這江城耗了這麼多年。時間一長，加上看到妳太開心了，現在才想起這回事。」

程稚清乍一聽，她也不知道該怎麼辦了。

就在程萬和程稚清兩人大眼瞪小眼的時候，晏承平慢條斯理地嚥下口中的食物，悠悠開口。「交給我辦吧。」

程萬和程稚清聽到晏承平這麼說，雙雙轉頭看向晏承平，異口同聲道：「你有辦法？」

晏承平點了點頭。「我爹有些下屬在江城，等我傷勢好一些就去找他們，應該沒有問題。」

程稚清感慨道：「你說，你們晏家有這麼多的朋友，怎麼流放的時候沒有一個人幫忙啊？」

程萬在一旁點頭，他也不解，偌大的一個鎮國公府說垮臺就垮臺，真的令人感到不可思議。

晏承平看著爺孫倆如出一轍的表情覺得有些好笑，他耐心地向他們解釋。「我們晏家是有很多生死之交，但是和我們晏家關係好的，都漸漸被皇帝派往外地，皇帝不允許我們這些帶兵之人留在京城，他怕我們一個不開心，帶兵把他從龍椅上掀下來。

「加上事發突然，阮弘方故意在我們大婚之日陷害晏家，也是因為我們那日守衛比往常鬆懈，他作為晏家大老爺，進爺爺的書房沒有人會攔著他，剛好和皇帝裡應外合，打晏家一個措手不及，等到消息傳出去之時，我們都已經在幽州了。」

程萬和程稚清了然地點點頭，當官也不是那麼好混的，幹得不好要挨罰，幹得好還會引得皇帝忌憚。

他們聽晏承平這麼說，就放心地把這件事交給他。

時間就這樣一天一天過去，晏承平在第四日晚上出去了一趟，程稚清等了很久都沒有等到晏承平，實在熬不住就先去睡了。

隔天一早天還未亮，程稚清和程萬就醒了，他們今日要早點出發，主要是不想被周遭人知道他們什麼時候走的。

這些天程稚清在家中煮肉時，經常聽到隔壁大娘的孫子哭著要吃肉。隔壁的大娘心疼孫子，厚著臉皮上門跟程萬討一碗肉，程萬拒絕了，她回家後日日都在罵程萬，特別是程稚清煮肉的時候。

程稚清每每聽著這些話氣不過要出去和她理論，都被程萬給拉住了，說是馬上就要走了，不值得跟她吵一架，隨她罵吧，反正也少不了一塊肉。

程稚清還是氣不過，直接在她的牆旁邊砌了一個灶，每日煮肉就在這個地方煮，讓她孫子能夠清晰地聞到香味卻吃不到。

晏承平直到早上才回來，程稚清和程萬剛好收拾完畢，隨時可以出發了。

程稚清見到晏承平回來時，眼睛閃亮亮的，還不等她問出口，晏承平就將路引拿出來遞給她。

程稚清仔細地看了看，讚嘆道：「果然還是晏大公子有本事，好了，我們出發吧！你和爺爺去車廂中，你先休息，我來趕車。」

晏承平本想說些什麼，沒想到程萬也發了話。「是啊，晏小子一個晚上沒睡吧？你先休息，用得到你的時候還多著呢，不差這一會兒時間。」

晏承平沈默，還是聽從他們的話上了車廂。

待到百姓陸陸續續起床的時候，他們早就出了江城。

隔壁大娘還好奇為什麼今天沒有肉香味，本來她想今日再上門和程萬商量一下，能不能不要天天吃肉，家中孫子這麼哭也不是辦法。

她看隔壁沒有煮肉了，還幸災樂禍地認為他們是沒錢吃不起了，結果一等好幾天，發現隔壁都沒有做飯，才知道人已經走了。

第二十一章

程萬年紀大了，程稚清捨不得讓他奔波趕路，所以耗費了二十幾天才回到幽州。

當他們回到大山村時已經傍晚了，夕陽的餘暉照耀在雲山上，似給雲山染了一層金光。

晏承平將馬車停在家門口。

程稚清扶著程萬下馬車，來到門前，她敲門喊著。「晏爺爺、晏奶奶、明姨，我們回來啦！」

晏瀚海此刻正在院子裡陪著晏承安和傅安和玩，傅安和自從上次認識晏承安後，兩人就像親兄弟一般形影不離，天天膩在一起。

晏瀚海聽到程稚清的聲音，連忙過去開門，他滿臉笑意。「回來啦，累不累啊？快進來，一會兒就吃飯了。」他看見程稚清身邊站著的老人。「這是親家吧？路上辛苦了，快進來坐。」

晏承安此時也大喊著。「程姊姊回來啦！程姊姊回來啦！」

家中的人聽到聲音都急急忙忙出來，大家站在院子中，程稚清向他們介紹自己的爺爺，又給程萬介紹晏家人。

「好了，好了，都是自家人，坐下聊，一會兒就吃飯了。」白舒雲笑著說了句。

明慕青帶著程稚清和程萬去了一個小房間。「小清，之前聽妳說要把爺爺接來，我們就再修建了一間房，簡陋了一點，希望程老不要介意啊。」

程萬有些吃驚地看著眼前的房間，他沒有想到晏家人居然會為了自己專門修一間屋子。「哪裡會介意，這可太好了。按常理說，哪裡有娘家人跟婆家人住在一起的道理，不過我實在放心不下孫女，也就厚著臉皮跟你們住在一起了。」

程稚清原想在村中找一棟房子修繕後，自己和爺爺搬進去住，沒想到晏家居然為了她專門建了一間屋子，不得不說真的很感動，有種被人放在心上疼愛的感覺。

晏瀚海笑著說道：「程老弟，哪裡有什麼厚不厚臉皮的，都是一家人，住在一起也熱鬧不是？」

程稚清看著明慕青，眼眶紅紅的。「明姨謝謝您，謝謝大家。」

「什麼謝不謝的。走吧，吃飯去。」明慕青拉著程稚清前往廳堂。

傅今瑤牽著傅安和的手來到廚房和白舒雲告別。「晏奶奶，我們先回家了。」

白舒雲溫柔地看著他們。「留下吃飯吧？」

傅今瑤搖了搖頭。「不了，我娘應該也煮好飯了，就不打擾你們了。」

傅今瑤現在是晏綺南的閨中好友，天天上門做客，晚上就帶著弟弟回家，絕對不會在晏家吃飯，怎麼勸都沒用，以往都沒有留下來吃飯，更別說晏家今日還來客人了。

白舒雲知道傅今瑤的性子，沒有接著勸。「回去小心啊。」

晏瀚海和程萬已經坐下來，今天白舒雲允許晏瀚海喝一小杯酒，程萬眼饞地看著面前的酒杯，可憐地看著程稚清。

程稚清找到程萬的第一天就幫他把脈，身體實在算不上好，藏著錢卻花不了，苦也是實打實地吃了。

看著程萬可憐的模樣，程稚清無奈道：「只能喝一小杯，就一小杯。」

程萬開心得像個孩子，對程稚清點點頭，再悄悄湊到晏瀚海身邊。「晏老哥真是謝謝你啊，不然我都喝不上酒。」

晏瀚海學著程萬的模樣也悄悄地說：「程老弟，應該是我謝你啊，要不是你來了，我在家裡也喝不上酒，老婆子管我管得死死的。」

他們相視一眼，拿起酒杯先是碰了一下後，小心翼翼地抿了一口。

白舒雲見晏瀚海有苦說不出的神情，輕輕拍了一下晏瀚海。「怎麼？委屈你了？」

晏瀚海忙放下酒杯，義正詞嚴地道：「怎麼會，我知道妳都是為我好，我不能不識好歹。」

他明明臉上是正經的神色，白舒雲卻在他臉上看到諂媚，她笑出聲，看向程萬。「程老弟別介意啊，這人平常就是這樣，你可別見怪。」

程萬已經很久沒有感受到家的溫暖，他笑著擺了擺手，抿了一口酒，掩飾自己微酸的眼眶。

晏瀚海和程萬聊著天，發現他們的興趣幾乎相同，兩人相見恨晚，恨不得說一夜的話，最後還是被白舒雲趕回屋睡覺。

夜已經深了，眾人都回房休息了，院子裡靜悄悄的，偶爾從雲山傳來幾聲野獸的吼聲。

程稚清獨自一人在外賞月，晏承平經過院子時看見她一人在院子中，他悄悄地走過去。

「在做什麼？」

晏承平的聲音突然在耳邊響起，把程稚清嚇得不輕。

程稚清轉過身，看著晏承平抱怨道：「你怎麼走路都不出聲啊，知不知道人嚇人會嚇死人的。」

院子籠罩在月光下，晏承平看著眼前的人兒，月光似乎給她披上了一層銀紗。

她的眼睛亮晶晶，粉唇噘得老高，抱怨的話語在他聽來像是撒嬌，晏承平沒忍住，笑出了聲音。他真的想不到，擁有這麼大力氣的程稚清，居然會一次又一次地被嚇到。

程稚清見他還敢笑，避開他受傷的部位拍了他一下，滴溜溜的眼睛瞪著他，眼裡寫滿生氣。

晏承平見狀，立即收斂臉上的笑意，握住程稚清的手，湊到她面前。「別生氣了，是我錯了，不應該走路沒有聲音，不應該嚇到妳還笑話妳。」

程稚清感覺此刻晏承平就像一隻大狗蹲在她面前求饒，原本她也不是很生氣，就是做樣子罷了，現在看著晏承平一副可憐的模樣，她更裝不下去了。

她噗哧一聲，搖了搖兩人握住的手，嬌聲道：「原諒你啦。」

看著女兒家嬌態十足的程稚清，晏承平輕笑一聲。「怎麼一個人在外面？」

程稚清轉頭看著那一輪明月說：「就是挺開心的，爺爺已經十幾年沒有人陪他好好說話了吧？我看得出來爺爺今晚很開心。」

晏承平聽出程稚清語氣中的一絲心疼，緊握著她的手。「以後都會這麼開心的，程老等到妳了，還有我們一家子的陪伴，等再找到舅舅，他以後都會這麼開心的。」

程稚清轉過頭，笑看著晏承平，重重點了點頭。「嗯。」

晏承平看著面前笑靨如花的人兒，愣了愣神，似乎有一股熱流從心裡湧上來。

程稚清看著晏承平突然呆住了，有些不明所以，她用手在他面前揮了揮。「喂，晏承平？晏承平？」

晏承平這才反應過來，正了正臉色。「今天趕了一天的路，妳應該也累了，時間不早了，快些休息吧，我也去休息了。」說完，他腳步慌亂地回了房間。

程稚清看著他離去的背影，疑惑地撓了撓頭，直到看不見他的身影了，她才回房。

翌日，晏家眾人吃過早飯後就忙碌起來了。

程萬和晏瀚海坐在一起聊天看著晏承安玩。

晏承安抬起頭。「爺爺，安和什麼時候來啊？」

「應該一會兒就來了，別急啊。」晏瀚海說道。

程萬疑惑。「安和？」

晏瀚海樂呵呵解釋道：「承安的好朋友，昨天也在院子中和承安一起玩，是個乖孩子。」

程萬點了點頭，回想起昨天見過一面的小孩。「看著是個好孩子。」

他拿起茶壺想要倒一杯茶卻發現沒有茶了，便拿著茶壺站起身。

晏瀚海看他拿著茶壺，連忙說道：「坐著、坐著，喊小輩去就好了，哪裡需要你親自動手。」

「不用，我去就可以了，一點小事我還做得來。」程萬大手一揮，腳步輕快地去了廚房。

程萬到了廚房添好水，走出來恰好看見晏承平在劈柴，他拿著茶壺走過去問道：「承平啊，你說派人幫我去找兒子，什麼時候派人啊？」

他都十幾年不知道兒子的下落，他是真的怕他已經……不過就算人真的已經不在了，也要讓兒子回到他身邊，他要把他們母子葬在一起。

晏承平放下手中的活，認真地說：「程爺爺，您放心吧。這幾天我就出去幫您安排，您不要太擔心，一定會有好消息的。」

程稚清此時從廳堂出來，她剛才為鍾思潔把脈，看過孩子狀況，鍾思潔懷孕已經八個月了，孩子一切都好。

她一出門就看到晏承平拿著斧頭正在劈柴，便衝上前奪下晏承平手中的斧頭，劈頭蓋臉地朝著他一頓罵。「你不知道自己什麼情況嗎？傷筋動骨一百天，這才幾天，你就敢劈柴了？你是不是真的不怕傷口裂開啊……」

晏承平被罵得跟鵪鶉一樣不敢說話。

程萬看著孫女怒氣沖天的樣子，生怕波及到自己，連忙轉身悄悄挪動腳步走回晏瀚海身邊。

他才剛轉身就看見門口站了四個人，其中一人看著有些眼熟，被身邊的人攙扶著。一個跟晏承安差不多大的小孩跑了進來，熱絡地和晏承安拉著手。

隨著那人越走越近，程萬看得越來越清楚，他想說話卻感覺嗓子堵得發不出聲音，手開始顫抖，「啪嚓」一聲，茶壺掉落在地。

院裡眾人的目光瞬間聚集到程萬身上，程稚清也顧不上教訓晏承平，她看程萬狀態有些不對勁，連忙上前扶著程萬，眼裡充滿著擔憂。

「爺爺，您怎麼了？哪裡不舒服？」程稚清一隻手搭上程萬的手腕為他診脈。

晏瀚海和晏承平也走到程萬身邊，擔憂地看著他。

程萬感覺自己全身發軟，他不顧程稚清的攙扶，一步一步走到那個男人面前，顫抖地伸出手，拉住他的手臂。「書、書榆……」

程萬還沒有說幾句話，淚水就從眼眶裡溢了出來，淚水模糊了他的眼睛，他已經看不清面前那張熟悉的臉了。

「老人家，我叫傅山，不叫什麼書榆。」傅山和傅新雅驚訝地看著程萬。

程萬拉著傅山的手有些用力，他怕好不容易出現在面前的兒子又會消失不見。

傅山被拽疼了也沒有生氣，反而耐心地向程萬解釋。

傅山在晏家躺了一個多月，見程稚清同意下地的時間已經到了，就立刻請晏修景兄弟倆攙扶他回家中休養。

晏家人勸了又勸，但傅山心意已決，只好讓晏修景他們攙扶著回去。

這段時日，晏家待他實在是太好了，頓頓都有肉，他實在不好意思繼續待在晏家了，總覺得自己占了人家的便宜。

昨日聽傅今瑤回到家中說稚清回來了，他便上門看看有什麼能幫的地方，順便也讓程稚清看看腿瘡合得怎麼樣。

程萬流著淚，手輕輕摸著傅山有些滄桑的臉龐，他的兒子從來都是意氣風發的，現在的他雖看著憨厚老實，可就是這樣，他也絕對不會認錯自己的兒子。

傅山無奈解釋道：「老人家，我真的不是您兒子……」

傅新雅也很驚訝，因為傅山是她爹撿回來的，傅山傷到頭沒了記憶，說不定眼前之人真的是他的父親，兩人眉眼之間是有些相像。

傅新雅扯了扯傅山的衣袖，想讓他說話不要這麼直接，可沒想到傅山堅定地認為程萬不是他爹。

程萬一把拉開傅山的衣領，看著傅山鎖骨處有兩顆對稱的痣，激動道：「你就是我兒子，是書榆。書榆身上就有這樣的痣。」

其他人都很驚訝，沒想到傅山就是程書榆。

晏承平總覺得傅山有些眼熟，還沒想起來為什麼眼熟，現在終於知道了，原來是和程稚清有些相像。

白舒雲此刻也出來了，靜靜地站在晏瀚海的身邊。

晏瀚海看了看傅山，再看了看程萬，又看了一眼程稚清，他悄悄湊到白舒雲身邊。「他們父子倆和小清還真的有點像。」

白舒雲輕輕拍了他一下，晏瀚海立刻閉上嘴。

程稚清看著程萬情緒一直過分激動，忙上前扶住程萬。「爺爺，傅大叔……」

程萬聽到傅大叔三個字，立刻轉頭糾正程稚清。「什麼傅大叔，他是妳舅舅。」

「好好好，是舅舅，舅舅他十幾年前到大山村，傅姨的父親救了舅舅，但是舅舅傷到腦子失憶了。」程稚清沒反駁程萬的話，反而順著他喊了舅舅。

程萬聽到兒子失憶了，忍不住後退兩步。

這要多嚴重才導致失憶啊！

程萬老淚縱橫，輕輕摸了摸傅山的頭。轉念一想，如果不是傅新雅的父親救了兒子，那麼兒子現在怕是不在人世了吧！

程萬面向傅新雅深深一鞠躬，帶著感激地說道：「多謝令尊救我兒子一命，實在是感激不盡。」

傅新雅嚇了一跳，這個男人可能是她的公爹，怎麼能讓公爹給她鞠躬，她慌忙地擺手。

「不、不用，您快請起。」

「爺爺，我們到屋子中說話吧，舅舅他一個多月前，腿腳受了傷，現在還不能久站。」程稚清乘機勸著程萬。

程萬此時才發現傅山被傅新雅攙扶著，他視線立刻移到傅山腳上，眼中的心疼不言而喻。「傷了腳？嚴不嚴重？」

「快好了，您不要擔心，再過一個月就能自己行走了。」程稚清連忙安撫著。「好好，我們快些進去。」

程萬硬要攙扶傅山，誰勸都不聽，眾人沒有辦法，只能順著他。

傅山被程萬攙扶著，感覺有些奇怪，這個自稱他爹的人，雙手不同於妻子的溫柔，反而帶著力量，讓他心底湧出一股說不清的感覺。

程萬扶著傅山在廳堂坐下後，自己也緊挨著傅山坐下，緊握著傅山的手一刻也不肯鬆開。

待眾人都坐下後，程萬面帶緊張的神情問道：「乖孫啊，妳舅舅這失憶還有得治嗎？」

程稚清也不確定，她起身走到傅山身邊替他把脈。「舅舅，您這些天頭還會疼嗎？」

程萬緊張地盯著傅山。

傅山被程萬握住手，他想把手抽出來，程萬卻握得更緊，他覺得自己的手心都沁出了汗，自從有記憶以來他還沒有跟大男人手牽著手，有些不自在地扭了扭身子。「自從喝藥以後就很少頭疼了。」

程萬立刻轉頭看向程稚清，臉上著急的神色不言而喻。「怎麼樣？是不是還有得治？」

程稚清低頭沈思一會兒，抬頭看向程萬。「爺爺，這個我也不確定，因為腦部是人體最複雜的結構，我現在能做的是讓舅舅腦中的瘀血化開，才不會影響到視力。」

程萬聽見程稚清這麼說有些失落，他打起精神道：「沒事，恢復不了也沒關係，人還在就行，人好好的就好了。」

程稚清實在看不得爺爺這落寞的樣子，說了一個提議，想讓程萬有點希望。「爺爺，要不您可以和舅舅說一點他小時候的事，說不定他就想起來了。」

程萬點點頭，看著傅山深吸一口氣，緩緩開口。「小時候家裡還不是很有錢，爹走街穿巷當貨郎，你硬要跟著爹，爹沒辦法只好帶著你，你娘又剛好不在家，我一時著急就忘了跟你娘說，你娘回家找不到你，以為你被誰給偷走了，著急得不得了，晚上我們父子倆回去的時候都被你娘罰不准吃晚飯。」

程萬想著過往的事，眼中噙著淚，嘴角卻是笑著。「你妹妹出生後，家裡環境好了很多，你妹妹調皮，總是闖禍，每次闖禍你總是幫著你妹妹，不讓你娘教訓她。有一次啊，她撿了一根樹枝捅了一個馬蜂窩，好傢伙，那是馬蜂窩啊，哪是能玩的，結果你發現了，護著你妹妹，最後你被叮得滿臉的包，你妹妹一點事也沒有。

「爹還記得你最後一次出家門的時候，讓我好好照顧你妹妹，不要動不動就凶她，還說妹妹的夫婿要等你親自回來挑，可是爹一直等也沒有等到你。爹老了，看人也不清楚了，把你妹妹嫁給了一個白眼狼啊，害了你妹妹一輩子，讓你妹妹那麼早就沒了，都是爹的錯！」

程萬說著，淚水忍不住掉了下來。

程稚清在一旁聽著也忍不住紅了眼眶，晏承平握著程稚清的手輕輕捏了捏，無聲安慰著她。

傅山聽著程萬口中說的事，不知怎麼回事，腦海中突然出現兩個小人，一個男孩、一個女孩，女孩握著男孩的手在哭，嘴裡不停說著。「哥哥別死，哥哥別死，楠楠錯了，楠楠以後再也不調皮了……」

下一秒他腦海中又出現一個人，那人看起來身形挺拔，他不禁瞪大了眼睛。

這……這不是他嗎？

腦中的回憶不停交替出現，一會兒是小孩模樣，一會兒又是青年模樣，他的頭劇烈疼痛起來。

傅山實在太疼了，甩開被程萬握住的手，雙手緊緊抱住頭，嘶喊著。「啊——」

程萬看著兒子痛苦的神色卻一點也幫不上忙，他無措地看著傅山，想幫他卻不知從何下手，他嘴裡念叨著。「爹不說了，爹不說了……小清，怎麼辦？怎麼辦？」

傅新雅在傅山抱住頭的那一剎那就衝上前，緊抱住傅山想要給他依靠，她雙眼無助地看著程稚清。

程稚清連忙上前，晏承平也幫忙按住傅山，不讓他亂動。

廳堂裡的人大氣都不敢出，全都緊張地看著程稚清面色凝重地為傅山把脈。

傅山的頭疼越來越劇烈，最後他實在忍不住，昏了過去。

程萬一看，顫抖著手伸到傅山鼻子下，結結巴巴道：「怎、怎麼樣了？」

程稚清嚴肅地說：「可能是一件好事，剛才爺爺說的事情可能使舅舅想起了什麼，說不定等舅舅醒來後就能記起以前的事。我們先把舅舅帶去房間休息吧，也許睡一覺就好了。」

晏承平點點頭，直接揹起傅山。程萬亦步亦趨地跟在晏承平身後。

傅新雅沒有跟過去，想給他們父子一點獨處的空間，同時她也有點擔心，傅山是她爹撿回來的，爹走後把她託付給傅山，要是傅山恢復記憶後，發現自己並不喜歡她，怎麼辦？

眼看著午飯的時候就要到了，白舒雲和明慕青先去做飯，晏瀚海他們也出去了。

傅今瑤看出她娘狀態不對，擔憂地問道：「娘，您怎麼了？」

傅新雅不想讓女兒擔心，勉強地對女兒笑了笑。「娘沒事，妳去找綺南玩吧。」

傅今瑤心裡有好多疑問，但是看著她娘這個樣子就什麼也問不出口，乖乖地聽她娘的話去找晏綺南。

鍾思潔在廳堂中沒有走，她一手扶著肚子，慢慢走到傅新雅身邊坐下，輕聲問道：「怎麼了？」

傅新雅似乎看到救命稻草，面色蒼白地看著鍾思潔。「思潔，妳說，傅山他醒來會不會就不喜歡我了？畢竟……畢竟傅山失憶了，我爹又是他的救命恩人，他幫我爹照顧我不是應該的嗎？」

鍾思潔握住她的手。「不會的，妳看傅山，就算失憶了還是對妳那麼好，那天傷到都站不起來了，還惦記著妳一個人在家，妳就放寬心吧，別想這麼多。」

傅新雅點了點頭，沈默不語，鍾思潔也沒有離開，在廳堂陪著她。

中午吃飯的時候，程萬死活要守著兒子，最終只能送飯進房間給他。

傅新雅跟著晏家眾人一起吃，但是存著心事，飯也沒有吃幾口。

大家都在等傅山醒來的消息，這一等就到了傍晚。

傅山覺得自己作了一個很漫長的夢，夢裡看見他的小時候，看見爹娘和妹妹，看見自己怎麼流落到大山村，被岳父撿回去，取了新名字，娶了妻子，有兩個可愛的孩子，最後他好像看見了妹妹……

妹妹對著他笑，說：「哥，你快回去吧，你再不回去，爹就要哭啦。」

他想說些什麼，但是還沒有來得及，妹妹就消失了，他也睜開了眼。

程萬看見兒子醒了，想伸手摸他，但是又怕兒子還是不認識自己。

程書榆看著父親猶豫的動作，鼻子微酸，主動喊了聲。「爹。」

程萬聽到這一聲爹，眼裡閃過驚喜，哽咽道：「都……都想起來了？」

「是，爹，我都想起來了。兒子不孝，這些年沒能陪在您身邊。」程書榆愧疚地看著程萬。

程萬看著兒子眼裡熟悉的光，抬了抬頭，把淚水逼了回去。「不是你的錯，不是你的錯。想起來就好……」

程書榆欲言又止，最後還是問出口。「爹，楠楠是不是、是不是……」

程萬一下子沒忍住。「都是爹的錯，都是爹的錯啊！」

程書榆慌忙從床上坐起來。「不是您的錯，都是那個畜生的錯！」

外頭的眾人聽到程萬嚎啕大哭的聲音，還以為怎麼了，連忙跑進房間，卻看到父子倆深情擁抱的畫面。

眾人退也不是，進也不是，程萬此時情緒已經緩和，他有點不好意思，剛才哭得那麼大聲，臉都丟光了。

程萬背對著眾人，始終不敢轉身，最終還是程書榆先開口，看著程稚清道：「小清啊。」

程稚清連忙上前。「是我，舅舅。」

程書榆眼裡滿是溫柔的目光。「從我第一次見到妳，就覺得妳很親切，妳跟妳娘真的很像。」

程稚清抿嘴笑了笑，沒有說話。

程書榆對著眾人點了點頭，最後看向在門口遲遲不敢進門的傅新雅，他對著傅新雅招了招手。「新雅，快來。」

傅新雅跌跌撞撞地走向他，只見程書榆牽起她的手道：「新雅，我原名叫程書榆，這是我爹。爹，她是兒子娶的媳婦，傅新雅。外面還有您兩個外孫。」

程萬再不好意思，也不好在這個時候駁了兒子的面子，他對著傅新雅笑了笑。

程書榆見傅新雅愣愣的。「新雅，快叫爹啊！」

傅新雅回過神，不好意思地對著程萬喊了一聲。「爹。」

程萬特別開心，大聲地應了一句。「好！」

這下兒子找到了，兒媳也有了，還有兩個可愛的孫子。

程書榆看著程稚清柔聲道：「可以麻煩我們小清把弟弟、妹妹叫進來嗎？」

程稚清連忙點頭。「我這就去。」

沒一會兒，她就帶著傅今瑤和傅安和進來了，傅今瑤牽著弟弟的手，走到她爹的身邊。

「今瑤，安和，這是爺爺，是爹的父親。快喊人。」

傅今瑤聽到程書榆這麼說，沒有猶豫地乖乖喊了聲。「爺爺。」

傅安和見姊姊喊了，也跟著喊了一聲。

程萬笑得合不攏嘴，他著急地摸著身上的口袋，想從身上找一點東西給兩個孫子當作見面禮，可是身上什麼也沒有，略微有些窘迫。

程稚清見狀，悄悄到爺爺身後，塞了兩根金條到程萬手中。

程萬沒有拒絕，甚至給了孫女一個讚許的眼神。

程稚清功成身退。

程萬將手中的金條塞給兩個孩子。「這些都是俗物，你們拿著玩，爺爺以後出去了，給你們買更好的東西。」

傅今瑤有些猶豫地看著傅新雅，傅新雅也不知道該不該收。

「拿著吧，爺爺給你們的就拿著吧。」最後還是程書榆開口，他知道金條是稚清塞給他爹的，但為了他爹的面子，也只好讓兩個孩子收下。

傅今瑤收好金條，笑著跟程萬道謝。

「恭喜啊，恭喜啊！」晏家眾人看到這一幕紛紛向程萬道喜。

程萬一臉喜悅。「多謝，多謝……要我說還是我孫女有福氣，如果我孫女不接我過來，說不定還遇不上呢。」

白舒雲開心地道：「這大好的日子，我可得做點好菜，一會兒都留下吃飯啊！」

「對對對，我們可得好好喝一杯，開心開心。」晏瀚海藉機說了一句。

白舒雲瞪了他一眼。「只允許喝一杯啊！你們都是，身上都帶著傷，喝一杯過過嘴癮就好了。」

晏瀚海臉上瞬間笑開了花，有酒喝，不管多少都好。「行行行，都聽妳的。」

程書榆眼中含笑，點點頭。「那就麻煩嬸子了。」

「不麻煩，不麻煩，等著啊，一會兒就叫你們吃飯。」白舒雲笑道，邁著輕快的步伐走向廚房，明慕青也緊緊跟在白舒雲身後。

程書榆看著傅新雅，兩人視線中彷彿要拉絲般黏膩。

程萬打著和孫子們培養感情為藉口，一把抱起傅安和，招呼著傅今瑤趕緊出去。程稚清也拉著晏承平說要去煎藥。

所有在房間裡的人都找了個藉口紛紛出去，把空間留給他們夫妻倆，還貼心地幫他們關上房門。

程書榆拉著傅新雅的手，時不時捏一捏，傅新雅覺得難為情，想掙脫開，就聽見程書榆開口。「新雅，這些年讓妳跟著我受委屈了。」

傅新雅眼淚流了下來，她覺得眼前的這個男人好像哪裡變了，但好像又沒有變，她只覺得喉嚨發緊說不出話，她拚命搖著頭，表示沒有受委屈。

程書榆見傅新雅這樣頓時心疼了，他將傅新雅攬入懷中，輕輕拍著她的後背。

他受傷失憶以後，第一眼見到的人就是傅新雅，那時的她還是小姑娘裝扮，看著落落大方，他那一瞬間就被她吸引了。

他自認為配不上傅新雅，直到岳父將她許配給自己，才能和她成為一家人，他很慶幸岳父撿到了自己。可是後面他並沒有給妻子良好的生活，反而還讓她總是為自己擔憂操心。

「新雅，謝謝妳，以後我再也不會讓妳過苦日子了。」

傅新雅搖搖頭，哽咽道：「我沒有覺得跟你在一起是過苦日子，反而很開心能夠和你成為夫妻，還有了兩個可愛的孩子。」接著，她又用不確定的目光抬頭看著程書榆，猶豫道：「你……你失憶前有沒有喜歡的女子？我會不會搶了誰的親事？」

傅新雅忐忑地看著程書榆，想從他嘴裡得到一個答案。

程書榆看著傅新雅毫不掩飾的擔心，突然笑出聲，他終於明白她為什麼總是心事重重，他原本以為是自己恢復記憶又找到父親，她多了一個公公可能有些不習慣，卻沒想到是因為這個。

程書榆正了臉色，認真看著傅新雅。「沒有，從來只有妳，如果妳不相信的話可以去問爹。」

傅新雅立即相信程書榆說的話，她看著程書榆眼裡的認真與溫柔，不知道為什麼突然有些害羞，她低著頭沒有說話。

程書榆見傅新雅突然低下頭，還以為她不相信自己，急忙伸手抬起她的頭準備好好解釋，但抬起後卻看到傅新雅緋紅的臉，他輕笑道：「怎麼老夫老妻了還害羞？」

傅新雅見他調笑自己，瞪了他一眼。

這個目光對程書榆來說的確沒有什麼威懾力，但他也害怕把人鬧得過火哄不回來。

「好了，好了，不鬧了。我打算去找村長把晏家附近的地基買下來，蓋一座宅子，再把爹和稚清都接過來住怎麼樣？」程書榆和傅新雅商量正事，他接著道：「稚清和晏承平還未成婚，總是住在晏家也不太好。」

他先前沒有恢復記憶，不能對別人家的事操心，現在他恢復了記憶，稚清和他爹都是他的責任，他很感激晏家照顧稚清許久，還接納了他爹，但是他作為兒子、作為舅舅，就要肩負起自己的責任了。

如果傅新雅不同意，他也不會勉強她，他就在晏家附近修一座宅子，讓父親和稚清住，再請晏家多關照一點。

傅新雅一聽見要將程萬和程稚清接來一起住，點了點頭。「當然好啊！稚清救了你這麼多次，居然還是你外甥女，以後我也一定會把稚清當作我們親生女兒對待，再說，晏家也幫了我們不少，以後稚清要是和晏家結親，那我們兩家豈不是親上加親？爹就更不用說了，孩子們有了爺爺，都開心得不得了。」

家裡的房子確實不夠住，他們一家人都住得勉強，要買地基修房子，她擔心自己家沒有多少銀子。「我們家銀子夠嗎？」

程書榆見妻子這麼擔心，跟她開了句玩笑。「爹以前生意做得可大了。」

傅新雅見他嬉皮笑臉的模樣，瞬間不把銀子的事放在心上，她站起身。「我去幫嬸子做飯，不跟你說了。」

傅新雅走到門口拉開門，就見到程稚清他們跌了進來，她看著程萬抱著傅安和也站在門口，害臊地說了句。「爹，您怎麼也跟著孩子們胡鬧？」

程萬抬頭望天。「啊，是……是安和說想找娘了，但是你們在說話，我不好意思打擾，就在門口等你們。現在安和見到妳了，應該就沒事了，我帶他去玩了。」

傅新雅的視線轉到程稚清身上，程稚清撓撓頭，偷偷瞪了一眼晏修同，都是他說要看熱鬧，不然也不會被抓個正著。

就在這時，他們聽見明慕青喊「開飯了」，程稚清馬上接著說：「舅娘，我們是來喊妳吃飯的。」

傅新雅瞧著程稚清古靈精怪的模樣也捨不得唸她了。

程稚清嘿嘿兩聲，拉著傅新雅的胳膊去廳堂。「走吧，舅娘。」

程書楡此時也走出來了，看了一眼程稚清，口氣微酸。「怎麼有了舅娘，舅舅就不重要了？」他擺出失落的神情。「到底是舅娘好還是舅舅好？」

程稚清回懟了一句。「可不是嗎，當然是舅娘好了，舅舅哪有舅娘好。」她拉著傅新雅就走。「走，舅娘。」一路上還跟傅新雅說悄悄話。「舅舅這個人真是的，竟然妄想挑撥我們的關係，哼！」

程稚清自以為說的話夠小聲了，沒想到被跟在後面的程書楡聽個一清二楚。

程書楡夫婦看著程稚清這傲嬌的模樣都失笑地搖了搖頭。

眾人吃了一頓熱熱鬧鬧的飯，飯後，傅新雅搶著幫明慕青收拾桌上的殘局。

程書楡趁著這個機會，和程萬到院中的角落聊天。

「爹，您這些年怎麼過的？」程書楡看出父親蒼老許多，身上穿的都是粗布麻衣。

程萬將他失蹤後發生的事都告訴他。

程書楡自覺愧對父親，跪在地上，給程萬磕了一個頭。

要是他當初多注意些，爹就不用一個人苦苦支撐這麼多年，小妹也不會早早就沒了。

程萬嚇了一跳，趕緊扶起兒子。「你這是做什麼？快起來、快起來……」

可能是他剛才說的事讓兒子心疼了，其實他也沒有過得太慘，日子還比當初做賣貨郎的時候強。

程萬看著兒子眼中的愧疚，決定悄悄告訴兒子一件事，便壓低聲音。「我告訴你啊，我悄悄藏了十箱的金條在我為自己準備的墓裡，不過這錢我已經給稚清了，你可不許惦記。」

程書榆看著程萬一副防賊的表情，哭笑不得。「我一個當舅舅的，怎麼好意思跟小輩搶東西。」

程萬聽見他保證的話才放下心來。「你當初怎麼會流落到這裡？」

程書榆見程萬問，眼睛看向遠方。「起初我出去考察，一切都挺順利的，在我即將回程的時候突然收到一封信，是管家寫的，信上說您病重了，於是我只能拋下那些一起出來的人，獨自回去。但是沒想到這一切都是李家的圈套，他們買通了殺手，我廢了九牛二虎之力才逃了出來。」

程書榆沒有將過程說得很詳細，但憑這寥寥數語，程萬就能猜到當初情況有多麼凶險，所以他什麼也沒說，只是拍了拍兒子的肩膀。

程書榆笑看著程萬。「爹，都過去了，以後我一定會讓李家把欠我們的都還回來。」

程萬找到兒子和孫女後早就不太在意這些，他只想好好陪著兒子和孫女，不過他也沒說什麼，只是默默點了點頭。

程書榆覺得他爹興致不高，以為他是想起那些不開心的事，故意轉移了話題。「爹，我打算把晏家附近的地買下來，建個宅子，然後接您和稚清過來住，現在只能委屈您先住在晏家了。」

程萬聽到這個消息也沒有多大的感覺，畢竟他在門口偷聽的時候已經知道了。「什麼叫住在晏家委屈，我在晏家可開心了。我現在要好好陪著我乖孫，以免她被晏家臭小子給騙了！我乖孫在哪裡，我就在哪裡，你想把我接過去，就要先把我乖孫接過去，不然我厚著臉皮就在晏家住下了。」

程書榆聽著他爹這麼說，也知道他擔心程稚清再次遭遇像小妹一樣的事，想要緊緊看著她。

他向程萬保證道：「我一定說服稚清跟我們回家住。」

程萬擺擺手，轉身走了，風帶來他的聲音。「再說吧。」

第二十二章

一個月後。

晏修景從屋內衝到廳堂，把睡得正熟的兒子從床上叫起來，他滿臉慌張地對著晏承淵說：「快、快去隔壁找稚清，你娘要生了！」

晏承淵還沒有反應過來，晏修景已經走了。一旁的晏承平早已翻身下床去隔壁找程稚清，等到晏承淵反應過來，都顧不上穿好衣服，便跟在晏承平後頭跑。

晏修景又衝到晏瀚海的房門口，拚命敲門。「爹，娘，思潔要生了，思潔要生了！」

晏瀚海睡得迷迷糊糊，問道：「什麼東西生了？」

白舒雲已經起身穿衣服了，她聽到晏瀚海的話一巴掌呼在他臉上，直接把他拍醒了。

「思潔要生了。」白舒雲丟下一句，趕緊出了門。

晏瀚海愣了一下，反應過來妻子說了什麼，他趕緊起身穿衣。

白舒雲出門就撞上準備前去察看情況的明慕青，晏修景喊的那一聲，把晏家所有人都給喊醒了。

白舒雲點了點頭。「走，快些去看看妳弟妹。」

白舒雲和明慕青二人一進房，就見鍾思潔一人扶著牆壁慢慢走動，她生過兩個孩子自然是知道怎樣做才好。

鍾思潔聽見有人進門的聲音，抬頭一看，見到來人露出一個微笑。「娘，大嫂，讓妳們擔心了，修景就是太擔心我了，應該還沒這麼早生呢。」

白舒雲和明慕青見她疼得發白的小臉，卻還在安慰著她們。

白舒雲上前扶住她。「自家人哪用說這麼多，來，我們再走一會兒後就躺下。老大媳婦，妳快去幫老二媳婦燒水煮點東西吃。」

聽到白舒雲這麼提醒，明慕青終於想起來，現在已經是後半夜了，吃點東西等會兒才有力氣生，她一拍腦門。「娘，我這就去，弟妹妳別怕啊，稚清一會兒就來了。」

明慕青步履匆匆又出了門，迎面便撞上等在門口的晏修景，明慕青沒什麼事，反倒是晏修景被撞倒在地，她沒管他，只是拉了晏修遠去燒火。

晏綺南這時也來了，她顧不上還倒在地上的父親，徑直走向房內，她看著母親臉色蒼白，額頭上豆大的汗珠一顆一顆落下來，她擔憂地喊了一聲。「娘。」

鍾思潔衝著女兒笑了笑。「娘沒事，娘有些餓了想吃麵，綺南幫娘去煮碗麵好嗎？」

她怕女兒被這場面給嚇住，所以提前支開她。

晏綺南真的以為鍾思潔想要吃麵，她點頭後，便向廚房跑去。

廚房中圍著三個人，晏修遠和晏修同在燒火，明慕青在灶臺忙碌著。

晏綺南上前道：「大伯娘，我娘說餓了想吃麵，要我煮給她吃。」

明慕青一聽，便知曉鍾思潔必定是特意支開晏綺南，不讓她看生產的場面。「好，煮一碗清湯麵就好了，我們昨夜熬了雞湯，用那個煮。」

鍾思潔臨近生產這幾日，晏家便每日都熬著雞湯，就是為了這一刻可以煮點東西吃。

晏承平此時已經到隔壁門口，他敲著門，喊著程書榆。「程叔叔，程叔叔，您開開門。」

自從上次程書榆和程萬提要建宅子後，他隔天就去找程稚清，她聽完立刻答應了。

程書榆見程稚清同意了，馬上去跟村長買地，建了宅子。

一個月的時間，房子就徹底建好了，他們也在前幾天剛搬進來。

程書榆聽到響聲披上外衫，一臉不豫地幫晏承平開門，他還沒開口，便見到衣衫不整的晏承淵跑到他面前。

他皺了皺眉還沒有說話，便被晏承淵一把拉住。「程叔叔您快幫我叫一下稚清，我娘要生了！」

程書榆一聽是這麼大的一件事，扔下兩個字便進屋。「等著。」

他在程稚清門口敲了敲，聽到屋中傳來動靜才告訴程稚清。「稚清，妳鍾姨要生了，承平和承淵在門口等妳了。」

程稚清忙從床上翻身下來。「知道了，我馬上就來。」

程書榆聽到程稚清的回答才回房，傅新雅迷迷糊糊地問他發生了什麼事，他將鍾思潔要生產的事告訴妻子。

果然傅新雅一聽馬上就清醒了，趕快起身穿衣，和程書榆一起去看看能不能幫上什麼忙。

程書榆夫妻倆剛出房門沒幾步便碰到程稚清，她手裡提了許多東西。

程稚清打了個招呼。「舅舅，舅娘。」

傅新雅點了點頭拉著她，聲音有些緊張，畢竟她也是生過孩子的人，知道生孩子有多麼凶險。「快，快過去看看。」

程書榆接過程稚清手中的東西，跟在兩人後面。

門口只剩下晏承平一人，晏承淵被晏承平趕回去幫忙了。

晏承平在門口等候，看見他們出來了，朝著他們點了點頭，在前方帶路，幾人都沒有說話。

三人進了晏家，程稚清和傅新雅徑直走向鍾思潔的房間，進門後就見白舒雲扶著鍾思潔在慢慢走。

白舒雲見到她們進來，便扶著鍾思潔坐下。

程稚清給她把了脈。「孩子一切正常。等羊水破了就可以生，現在先吃點東西吧。」

說來也巧，程稚清剛說完，晏綺南就端著麵進來了，房內的眾人看著鍾思潔將麵吃完，本還想扶起她走一走，就見羊水破了。

明慕青將房間內的兩個小姑娘趕出去，關上房門。

程稚清也沒有說什麼，她雖然會點醫術，但還真沒有見過生孩子的場面，她留在裡面說不定更添亂。

本來晏家想找產婆，可幽州現在形勢越來越嚴重，人人關著自家的大門過日子，有一個產婆去給人接生，回來的路上剛好碰到大月國的人馬，人就沒了，其他產婆見狀，說什麼都不願意再出去幫人接生，白舒雲只好自己上了。

程稚清將藥交給晏綺南，讓她去熬藥，一共有兩份，一份是如果遇到大出血用的，一份是生完後恢復精力補身體的。

晏綺南拉著晏承淵就去熬藥了，她怕自己一個人弄不好。

程稚清就守在門口，隨時可以進去幫忙。

且說，晏修景倒下的時候，晏瀚海就在旁邊，不過他沒管這個兒子，還是晏承平回來拉了他一把，不過晏修景說自己腿軟，晏承平又好心幫他搬來椅子，讓他坐下。

晏家三人和程書榆都等在門口，熱水一盆接一盆地送進去，拿出來的都是帶著血的水。

晏修景見到這場面死抓著晏承平的手，臉色蒼白地問：「這……這，怎麼一點聲音都沒有啊？不會有事吧？」

晏承平被抓得有些疼，皺了皺眉，不過看在他二叔即將當爹的分上沒有說什麼。

晏瀚海哪裡知道這些問題，便不管晏修景在一旁聒噪。

眾人就這樣在門口等著，天漸漸亮了，一道陽光照進晏家院子中，屋內傳來眾人激動的聲音。「生了、生了，是個大胖小子！」

晏修景有些激動想要湊近看，剛一站起來發現腿是軟的，如果不是晏承平及時拉他一把，他就要跪到地上去了。他拉著晏承平的手緩了緩，自己一步步挪到房門口。

房門剛好開了，白舒雲抱著孩子出門，喜笑顏開。「是個男孩。」

晏修景連孩子都沒有看一眼，眼巴巴地看著白舒雲。「娘，我媳婦怎樣了？」

「沒事，沒事，正收拾著呢！你一會兒就可以進去了。」白舒雲安撫著。

晏修景點了點頭，緊繃的心終於放鬆下來，他就在門口等著。

晏瀚海此時已經湊到白舒雲旁邊，他看著孩子也是樂得合不攏嘴。「看看這眉眼，真像修景。」

晏承平聽著晏瀚海的話，看了眼紅通通、皺巴巴的孩子，又看了眼二叔，心中疑惑，哪裡可以看出來像不像？

程書榆看見晏承平疑惑的表情，拚命忍住即將釋放出來的笑聲。

房門一開，晏修景就衝進去，看見鍾思潔虛弱地躺在床上，拉著她的手。「媳婦，妳還好嗎？」

鍾思潔看了看他，笑了笑，剛才聽新雅說，他連孩子都沒看，第一句話就是問她怎麼樣了。「我沒事，孩子怎麼樣？」

晏修景不好意思說自己還沒看孩子。「好，孩子好得很，爹還說孩子像我呢。」

鍾思潔笑了，顯然不相信他說的話，晏修景還想說什麼，晏綺南端著藥進來了。

「娘，稚清姊說這藥可以補身體，您快喝了吧。」

晏修景接過晏綺南手中的藥，一口一口地餵鍾思潔。

鍾思潔喝過藥後，體力不支昏睡過去了。

這可把晏修景嚇壞了，碗一下砸在地上，他大喊著。「稚清、稚清快來啊，我媳婦昏過去了。」

程稚清就在門口，她聽見晏修景的聲音馬上進房，仔細幫鍾思潔把了脈，頓時無語，她耐著性子解釋道：「晏二叔，鍾姨只是累了，睡著了，身體沒什麼事。」

晏修景知道自己鬧了笑話，鬆了一口氣道：「那就好，那就好……人沒事就好。」

鍾思潔一醒來，就發現自己的手被緊緊握住了，她轉過頭一看，才發現是晏修景靠在床邊睡著了。

她想輕輕將自己的手抽出來，可這一動，晏修景就醒了。

他先是有一瞬間的迷糊，在看到鍾思潔的那一刻才清醒，他滿臉緊張。「媳婦，好點沒？有沒有哪裡難受？」

鍾思潔一覺醒來感覺好多了，沒有那麼累，身上也不會疼，也許是程稚清的藥發揮作用，她嗓音嘶啞。「沒有難受的地方，現在什麼時候了？孩子呢？」

晏修景注意到鍾思潔嘶啞的聲音，他起身走到桌邊倒了一杯水端到鍾思潔嘴邊，他看著鍾思潔喝過水，才緩緩道：「現在已經未時了，孩子有娘和大嫂她們照顧呢，她們見妳還沒醒，想讓妳多休息休息，先給孩子餵了一點米湯，孩子吃過後就睡了。」

鍾思潔點點頭，知道是白舒雲和明慕青在照顧孩子，也就放心了。

「媳婦，妳餓了嗎？娘特地煮了鯽魚湯，還在鍋裡熱著呢！說是可以發奶的，要不要吃一點？」

鍾思潔見狀，點了點頭，她有些餓了，動了動身子想要坐起來。

晏修景連忙幫著扶起她半靠在床頭。「我出去端湯，順便讓娘把孩子抱進來，妳就靠著別動。」

看著晏修景認真緊張的神情，鍾思潔哭笑不得，她又不是第一次生孩子，哪裡這麼嬌弱，不過她就是愛這個男人把她放在心上的樣子。

晏修景走出房門，先是走到白舒雲的房間。「娘，思潔醒了，把孩子抱過去給思潔看看吧。」

「醒啦？餓了沒有，湯在鍋裡熱著。我抱著孩子過去，你去把湯端給思潔喝。」白舒雲抱起孩子囑咐道。

晏修景點點頭，轉身走去廚房。

白舒雲抱著孩子來到鍾思潔的房間，快步走上前，將孩子放入她懷中。

「孩子剛才睡了一會兒，現在剛好醒了，可能知道要見到娘了吧。」白舒雲笑咪咪說道。

鍾思潔看著懷裡的孩子，還是那麼小小一個，她看了一會兒，又看向白舒雲。「娘，妳們辛苦了，陪著我半個晚上又幫我看孩子，您有沒有休息？」

白舒雲一揮手，臉上盡是喜意。「不辛苦，一點也不辛苦，我高興著呢！再讓我照顧妳三天三夜都沒問題。」

鍾思潔一聽，抿嘴笑了笑。

這時晏修景的聲音傳了進來。「媳婦喝湯。」

二人同時看向門口，等了一會兒才見到晏修景端著湯走進來。

白舒雲幫著鍾思潔把孩子放到她的邊上。「就讓修景照顧妳吧，我們都在外面，有什麼事喊我們啊。」說完，她就出去了。

「快、快，晏承平，那邊有兩隻羊。」程稚清拉著晏承平的手，壓低音量激動喊道。只見不遠處的樹下有一隻母羊帶著小羊在吃草。

程稚清見自己沒有什麼事，就拉著晏承平來雲山打獵，他們離開家的一個多月，晏瀚海和晏修遠在家中做了弓箭。

晏承平傷還未完全好，所以今天就用弓箭打獵。

晏承平舉起手中的弓箭瞄準母羊，「咻」一聲，弓箭射中母羊的腿，小羊受到驚嚇，慌不擇路地逃竄出去，但跑到一半發現母羊沒有跟著牠一起跑，便又跑回母羊身邊。

程稚清看著箭射中母羊，激動地跳起來大喊了一聲。「帥！」

晏承平看著程稚清沒有說什麼，只是寵溺地笑了笑。

之前晏家逮到的母羊不幸逃脫了，程稚清今日上山就是為了看看能不能再抓到一頭羊，畢竟有了母羊，家裡的小傢伙就有羊奶喝了，就算抓不到母羊，抓幾隻野雞也很好，誰知道運氣這麼好一下子就抓到了。

程稚清拿出隨身帶的繩子套住母羊和小羊的頭，又把母羊腿上的箭取下，簡單幫牠包紮了一下。

程稚清拿著繩子的一頭，隨意找了一個方向走去。「走吧，我們再去看看還有沒有什麼東西能抓回去。」

母羊本來是不願意走的，牠跪在地上，但是牠低估了程稚清的力氣，程稚清完全沒有在意羊走不走，母羊完全是被程稚清拖著往前走，直到腿上的毛都被磨掉了，牠感受到疼了，才站起來自己走。

晏承平看見這一幕，忍不住失笑搖搖頭。

程稚清見晏承平沒有跟上，停在原地回頭看，只見她噘著嘴不滿地看著晏承平。「你愣著幹麼，怎麼不跟上來啊。」

晏承平見狀，立刻拔腿跟上來，他伸出手握住程稚清沒拿繩子的那一隻手，對她笑了笑。「走吧。」

程稚清覺得自己被這個笑容戳中心臟，她晃了晃頭，把腦海中不好的東西甩出去。

兩人兩羊不知走了多久，也不知道走了多深，遠遠地好像聽見有人在喊救命。

程稚清停下腳步，疑惑地抬頭看著晏承平。「你有沒有聽見什麼聲音？」

晏承平聽見程稚清這麼說，也停了下來，靜靜地聽了一下。「走，好像有人喊救命。」

他們朝著聲音傳來的方向趕去，只見聲音越來越微弱，到了最後一點聲音也沒有了。

他們到的時候，只見一條一公尺長的蛇將一個人纏在中間，那人的臉色發紫，顯然已經沒有氣息。

那條蛇見來人，豎瞳冷冷地看著兩人，程稚清被這目光盯著，又想起蛇那冰冷滑膩的觸感，只覺得渾身上下不自在，她挪了挪將自己藏到晏承平身後。

晏承平只覺得有些好笑，沒想到她居然會怕蛇，他還以為這小妮子天不怕、地不怕。

他舉起箭瞄準蛇的方向，鬆手，箭射中蛇的身體。

蛇放開纏繞的人想要逃走時，晏承平的第二箭又到了，這次直接射中了牠的七寸。蛇癱倒在地沒有了動靜。

晏承平上前察看情況，程稚清躲得遠遠的不敢上前。「那人還活著嗎？」

原先被蛇纏繞的那人，此刻倒在地上，晏承平上前探了探他的呼吸，朝著程稚清的方向搖了搖頭。

程稚清又問：「那蛇活著嗎？」

晏承平直接用繩子將蛇的頭狠狠纏繞幾圈，他看著程稚清。「沒事了，過來吧。」

程稚清小心翼翼地挪動腳步到晏承平身邊，她蹲下探了探那人的脖子，發現確實已經死了。

她看著死去的那人，發現他衣服有些奇怪。「他的衣服跟我們的好像有些不一樣？」

聽程稚清這麼說，晏承平才注意到他的衣服，面色漸漸變得凝重。

程稚清不知道怎麼回事，拉了拉晏承平的衣襬，小心翼翼問道：「怎麼了？」

「這人可能是大月國的探子，不知道為何會在雲山。大月國牛馬豐富，他們的服飾也都是為了方便騎行，從而製作穿著輕便的衣服。」晏承平解釋道。

程稚清驚訝道：「那他怎麼在這裡？」

晏承平搖了搖頭，接著搜了一下那人身上是否有什麼物品，結果只在那人身上搜出一個令牌，其餘的什麼也沒有。

晏承平看著這個令牌，臉色越發凝重，他站起身拉過程稚清的手。「走，我們現在就回去。」

程稚清見他這副模樣就知道事情應該很嚴重，她沒有問發生了什麼，只是默默提了一句。「蛇不帶回去嗎？蛇膽是好東西，蛇羹也不錯……」

晏承平一陣無語，沒想到程稚清雖然怕，但還惦記著蛇。他鬆開程稚清的手，上前把蛇扛到肩上，沒想到才剛扛上去，程稚清就離他遠遠的，他笑出了聲。

程稚清雖然知道這樣不好，但她怕啊。

「你、你走前面，我跟在你後面。」

晏承平沒說什麼，在前方帶路，耳朵時刻注意程稚清在自己身後的動靜。

兩人回到家中，剛進院子，就見到在門口玩的小傢伙。

「哇！好大的蛇啊。」兩個小傢伙想走近又害怕，只能遠遠看著。

晏瀚海和程萬也在院子喝著茶，他們聽到小傢伙的驚呼聲往晏承平的方向看去，晏承平此時已經將蛇扔下了，兩個老人忍不住上前看了看。

「這蛇可真大啊！」

程萬忍不住咂了咂嘴。「做成蛇羹應該很香，說起來我也好多年沒吃過蛇羹了。」

晏瀚海接著道：「一會兒就把牠煮來吃，我們今天有口福嘍。」

程萬點點頭，覺得哪裡不對，他看了看，皺著眉頭。「我乖孫呢，不是跟你一起出去，怎麼就你自己回來？」

晏承平什麼也沒有說，只是看著門口的方向，只見程稚清拉著兩隻羊磨磨蹭蹭地走了進來。「爺爺，我在這裡。」

「稚清怕蛇，說什麼也不跟我走在一塊兒。」晏承平先是向程萬解釋，又面色凝重地看著晏瀚海。「爺爺。」

程萬看出晏承平應該有什麼話想要找晏瀚海說。「晏老哥快去，看來這臭小子應該有什麼事。我在這裡處理蛇，這我可是好手。」

晏瀚海雖然疑惑，但還是點了點頭，帶著晏承平回自己房間。

門口的兩個小傢伙根本不知道他們在說些什麼，只是見到了羊，興奮地衝過去，小手輕輕摸了摸羊，笑得很是開心。

屋內。

晏瀚海不知道晏承平找他有何事，他坐了下去，又示意晏承平坐下。

晏承平從懷裡拿出從那人身上搜到的令牌遞給晏瀚海。「爺爺，您看。」

晏瀚海未伸手，目光落在晏承平手中的令牌上，他瞳孔一縮，猛地站起身子。「這、這是？」

他不可置信地看著晏承平手中的令牌。

晏承平將令牌放在桌子上，見到晏瀚海此番態度，那麼自己的猜測應該沒錯。

「我和稚清上山時發現山中有人喊救命，等我們趕到時，那人已經被蛇纏繞得沒有了氣息。稚清發現他的穿著和我們有些不同，我才發現那人是大月國的人，這枚令牌就是從他身上搜出來的。」

晏瀚海此時已經坐下了，臉上的震驚慢慢轉為凝重。「大月的人？」

晏承平點點頭。

晏瀚海一手捶在桌子上，怒不可遏。「這個畜生！」

「爺爺，我們要做些什麼？」

晏瀚海沈思一會兒。「你把事情告訴你爹，然後你們兩個人去找胡將軍，我們現在身在幽州，身邊也沒有人手，只能先把事情告訴胡將軍，再商量後面應該怎麼做。」他嘆了一口氣接著道：「我記得今年冬天，和月國簽訂的停戰協議就到期了？」

晏承平沈默地點了點頭。

晏瀚海又嘆了一口氣，擺了擺手。「快去吧，這件事越早越好。」

晏承平起身出門，留晏瀚海一個人在屋內。

晏瀚海收拾好自己的心情後才出門。

程萬見晏瀚海似乎有些心情不好，拎起已經剝了皮的蛇，主動打了一聲招呼。「晏老哥，看看我這蛇處理得怎麼樣？」

晏瀚海勉強笑道：「不錯，不錯，我都沒有你這個手藝。」

程萬見狀，大笑一聲。「你說我這個孫女天不怕、地不怕，竟然怕區區一條蛇，你知道她想要蛇膽，但是拿都不敢拿，還是最後找了一個罐子讓我放進去，哈哈。」

程稚清就蹲在角落準備用蛇膽泡酒，聽著程萬的嘲笑，不滿地喊了一句。「爺爺——」

晏瀚海聞言也樂了起來。「小清啊，那待會兒的蛇肉，妳可沒有口福嘍。」

程稚清一想就覺得渾身發軟。「晏爺爺，還是你們吃吧，我才不吃呢。」

白舒雲剛從廚房出來，甩了甩手上的水。她在廚房就聽到外面聊得熱鬧，但是沒聽清他們在說什麼，自然不知道家中多了一條蛇。

「什麼時候打的蛇？」白舒雲一出來就看見程萬手中拎著蛇。

「承平和稚清從上山打來的，還牽回來兩隻羊。」晏瀚海湊到白舒雲身邊。「老婆子，咱們今晚吃蛇肉怎麼樣？妳看程老弟都處理好了，不請他吃一頓，多不好意思。」

白舒雲睨了他一眼，淡淡道：「我看是你想吃吧。」

晏瀚海憨憨笑了一聲。「我想吃，我想吃，就做吧。」

白舒雲實在沒臉看丈夫這副撒嬌的模樣，趕緊找了個盆子，放在程萬旁邊。「還要麻煩程老弟把蛇剁成小塊。」

程萬爽朗一笑。「沒問題，剁好後我再幫妳送進去。晚上就辛苦嫂子了。」

「哪裡有什麼辛苦不辛苦，一點小事而已。」

此時晏承平也出來了，他拉著程稚清走到另一邊沒有人的地方，認真地看著她道：「等一下我要和我爹出門一段時間，接下來的一段時間可能不太平靜，妳在家裡要多注意。」

「是因為山上的事嗎？」程稚清問道。

晏承平不想隱瞞她便點了點頭。

程稚清不該問的沒有多問。「你在這裡等等我。」

她跑回家中，拿了好幾瓶藥，有保命丸、止血藥等等。

她手裡捧著一堆瓶瓶罐罐跑到晏承平身邊，將手裡的東西都塞到他手中。「這些你拿著，怎麼使用我都在上面做了備注。出門在外，你要小心。」

晏承平看著程稚清絲毫不掩飾對自己的關心，心裡只覺得暖暖的，他點了點頭，將手中的瓶子放在地上，想要抱一抱程稚清。

他剛俯下身子，便覺得身前有一股力量不讓他往前，低頭一看原來是程稚清的手抵在他身前。

晏承平見狀也不好意思抱下去，他站直身子，程稚清也放手了。

二人相視片刻，程稚清終於開口。「你出去應該是去軍營吧？」

晏承平震驚，她一開口就猜到自己的行蹤。「妳怎麼知道？」

程稚清翻了一個白眼。「你們晏家都是武將，又是晏叔叔和你一起去，如果是找文官，不是應該找晏二叔陪著你嗎？」

晏承平此刻也覺得自己有些傻了。

程稚清盯著他接著說：「你去軍營能不能幫忙找我哥哥？」

「妳哥哥叫什麼名字？」

晏承平一開始答應和程稚清成婚只是為了報答恩情罷了，所以對她的家人都不太了解，而且連程稚清都已多年未見過自己的哥哥，更何況是他。

程稚清一字一句地說：「程天磊，我哥哥叫程天磊，天下的天，磊落的磊。」

晏承平認真地點了點頭，將這個名字記在心中。「我記下了，等我過去，就讓將軍幫忙找人。」

晏修遠已經和明慕青道別，此時正在門口等著晏承平。

程稚清見狀，輕輕抱了他一下。「晏叔叔在等你了，快走吧。」

晏承平深深看了一眼程稚清，拾起地上的藥走進房間，拿上自己的包裹，和父親出了村。

他們沒有騎馬，怕萬一家中有什麼事，消息來不及傳出去，所以將唯一的馬匹留在家裡。

第二十三章

晏承平他們已經走了幾天，程稚清絲毫沒有想念，反而覺得日子過得太舒心了，沒有人管著簡直太棒了。

「明姨，舅娘，我帶著綺南和今瑤去雲山採野菜了。」程稚清三人站在門口，朝著屋內喊道。

「就在外圍走走，別去深處，知道了嗎？」明慕青走到門口囑咐三個小姑娘。

自從晏家來了之後，雲山的野獸已經很少在外圍遊走了，晏家人上山打獵都要往深處走，再加上程稚清有這一身力氣，明慕青也是放心的。

「知道啦。」

「等等我們，我們也去。」晏修同和晏承淵追了出來。

程稚清一皺眉。「你們去做什麼？」

晏修同不知道自己去做什麼，被這麼一問也懵了，他看向晏承淵，是晏承淵拉著他一定要去。

晏承淵嬉皮笑臉道：「我們去幫妳們拿著筐。」

他倆落地拿過兩個小姑娘手中的筐，還分了一個給晏修同。

晏承淵看著程稚清。「走吧。」

程稚清看了看他終究沒說什麼，轉身和晏綺南、傅今瑤走在前面。

程稚清帶著晏綺南和傅今瑤出門，她們在這個村子裡那麼久都沒有上過山，今天和程稚清聊天說到這件事，程稚清就說帶她們上山看看。

晏綺南和傅今瑤是兩個安靜的小姑娘，平時溫柔，話也不多，就默默幫著做事。今天程稚清帶著她們山上，明顯能感覺到她們雀躍的心情。

五人就這樣走到雲山，發現了一個意想不到的人。

女人聽到動靜抬頭一看，見到是程稚清，顯然有些激動。

女人走到程稚清面前，緊張地捏著雙手。「程……程姑娘，當初謝謝妳。」

這人是村長大兒媳，程稚清在這裡見到她也感覺很意外。

「舉手之勞罷了，妳之後怎麼樣了？」

村長大兒媳臉色立刻變得難看，帶著濃濃的厭惡，因為跟程稚清說話，她忍下心中的厭惡之情，淡淡道：「冬天時，我婆婆覺得我們在家裡看著礙眼，說要趕我們出去，家務都是我做的，她不讓我和兩個女兒吃飯就算了，現在連一間房都不願意給我們。我一氣之下從灶臺裡拿了一根柴火，說今天若把我們母女三人趕出去，就跟他們同歸於盡。」說到這裡，她嗤笑一聲。「我那個婆婆最疼的二兒子，見我拿起柴火，早就溜出去了，一點也沒有管他爹娘、孩子的死活。」

晏綺南和傅今瑤兩人聽到這種事都震驚了，她們的家庭都很和諧有愛，這還是她們第一次知道，居然有長輩偏心成這樣。

「然後呢？」

村長大兒媳看了一眼說話的晏修同。「然後是我公公出來調解，但是我擔心他們以後找機會對我兩個女兒下手，就直接提了分家，讓我公公在村裡給我找一個房子。原本我婆婆是不同意的，我威脅他們，如果我沒有搬出去，他們就小心哪天半夜著火，不小心燒死他們，他們見狀才同意了。我們母女三人搬走了，家裡的東西，我們一點都沒要。」

她感激地看著程稚清。「要不是妳給我的銀子，我們母女三人也撐不過冬天。現在好了，我偶爾上山挖點野菜，大女兒能幫我照顧小女兒，日子這麼將就著過。」

程稚清不知道說什麼好。「日子會慢慢變好的，妳也說了，之前的家務一直都是妳在做，現在妳走了，家務不是妳弟妹做就是妳婆婆做，可長期以來不幹活的人，哪裡會習慣呢。」

村長大兒媳認為自己搬出來就可以與那家人毫無關係，根本沒有想到這一層，她感激地看著程稚清，想到家裡最近弟妹來得很勤快，覺得有些不好。「程姑娘，謝謝妳，我兩個女兒還在家裡，我有點不放心她們，我先回去了。」

程稚清上山聽了這麼一件事，感覺沒有了好心情，沒一會兒眾人也都下山了。

時間一天天過去，晏修遠和晏承平走了已經一個多月。

這一個月，程家和晏家在大山村風平浪靜，完全沒有想像中危險。

「媳婦，孩子尿布我拿去洗了。」晏修景向屋內喊了一聲。

當初在鎮國公府的時候，家裡都有丫鬟、奶娘，照顧孩子相對地沒有那麼累。但是這一個月洗尿布的經歷，使晏修景深刻認識到了照顧孩子的心酸，也明白身為女人有多不容易。

「娘，我上山了。」明慕青跟白舒雲說。

「去吧，快些回來，過一會兒就要吃晚飯了。」白舒雲放下手裡的事看向明慕青。

明慕青應了一聲，拿起背簍就上山了。

明慕青和白舒雲這一個月幫著鍾思潔照顧孩子，現在鍾思潔出了月子，明慕青偶爾會上山挖野菜，給家裡多添一道菜。

明慕青沒有走遠，就在雲山外圍挖野菜。

此時，從雲山走下來一個男人，他手中提著兩隻雞，一臉痞子相。

明慕青沒有注意到他，反而是那個男人先注意到明慕青，他遠遠看見明慕青的側臉，頓時著了迷，沒想到這個小村子裡還有這般絕色之人。

男人扔下手中的雞，拍了拍身上的塵土，走上前。

「小娘子，妳是哪家的？」

明慕青正想著大山村有哪個人敢惹晏家，抬頭一看，那人穿著大月國軍人的服飾，她面色一凝，冷冷道：「你是誰？」

「妳看我這身衣服，我的兄弟們應該已經進入姚安府了。我說你們這幽州真夠窮的，一點葷的都沒有，害得小爺我還要上山抓點肉，給兄弟們打打牙祭。小娘子，妳不如跟了我，我讓我兄弟們放過妳的家人，還能讓妳家人們吃香喝辣的，怎麼樣？」男人一步一步靠近明慕青，面上帶著猥瑣的神色。

明慕青面色一冷，從背簍裡抽出一把柴刀。「我警告你不要過來。」

男人不屑一顧，冷哼一聲。「小爺讓妳跟著我，是妳的福氣，妳不要給臉不要臉。」一個嬌弱的女人罷了，還敢拿柴刀威脅他？不自量力！

明慕青自從調理過身體之後，狀態變得極好，她作為武將之女，當年生孩子虧了身體才不能繼續練武，但現在不一樣了，她早就重拾武功，對付這樣一個腳步虛浮的男人，完全沒有問題。

見她站在原地不動，男人以為她怕了，喉嚨中發出難聽的笑聲。「這就對了嘛，跟著小爺一點也不吃虧。」

他一個箭步猛撲上去，眼中散發著勢在必得的光芒。

明慕青沒有後退，只是站在原地靜靜看著他，在她眼中他的一切宛若慢動作。

明慕青在男人的手即將碰到自己時，手中的柴刀一揮，鮮血瞬間噴湧而出。

那男人上過戰場，憑藉著敏銳的直覺，在明慕青手中的柴刀砍向他的一瞬間就收了手，不然他現在就不是傷了一隻手，而是斷了。

男人捂著手臂上的傷口，臉上是毫不掩飾的怒意。「賤人！竟敢傷我。」

他從靴子中抽出一把匕首，匕首發著冷冷的寒光，他舉著匕首向明慕青刺去，眼神透露著恨意。

明慕青冷笑一聲，以極快的速度伸出手，抓住那男人的手腕。

男人瞳孔一縮，手上一疼，手中的匕首就到了明慕青手中。

明慕青把玩著他的匕首，笑臉盈盈地開口道：「這匕首不錯嘛，看來你們大月挺有錢的，你這種小嘍囉都能配上還不錯的匕首。」

男人看著明慕青猶如看著惡魔，他捂著不斷流血的手臂，一步步向後退，想找準時機跑掉。

他看得出來，這個女人真的敢殺了他。

「我警告妳，我的弟兄已經在姚安府了，下一個地方就是這裡，妳要是不放了我，有妳好看！」男人惡狠狠說道。

明慕青手中把玩著匕首，慢慢靠近他，淡淡道：「哦？是嗎？若我就是不放過你呢？」

男人看著明慕青一步步向他靠近，嘴裡暗罵了一句。「賤人！」說完轉身就跑。

明慕青手中的匕首猛地射出，匕首瞬間沒入男人後背。

男人身子一頓，倒在地上。

明慕青慢悠悠上前，蹲在男子身前，抓住他的頭髮。「你們大月的人什麼時候進來的？」

男人緊閉著嘴一句話也不肯說。

明慕青不知道晏承平他們去做什麼了，居然讓這些人溜了進來。

她見男人不肯開口，在地上找了一根藤條將男人像捆死豬一樣捆起來，收拾好自己的東西，拖著男人下山。

男人一路被拖著回去，身上的衣服都磨破了，他被拖在她身後，努力仰著頭不讓自己的頭碰到地上。

明慕青拖著他一路回家，到了家門口。「爹，您快來看看。」

晏瀚海聽到明慕青的喊聲立刻出了門，他以為明慕青出了什麼事，和程萬兩人趕緊出去。

家裡的人都聽到明慕青的聲音，以為她出了事，連忙往外跑。

他們一走到門口，就看到明慕青指著地上的人。「爹，這是大月的人，我在山上看到的，他想對我動手，被我反制了。他說大月的人已經到幽州姚安府了，不知道什麼時候會過來，我在山上簡單地審問了，他什麼也不說，我怕在山上待的時間久了，你們會擔心我，所以把他帶回來了。」

晏瀚海順著明慕青手指的方向看去，發現地上趴著一個人，那人大剌剌地穿著大月軍隊的服飾。

晏瀚海面色一凝，眼神中盡是深意，不知道在想什麼。

他和程萬對視了一眼。「好，妳先進去吧。」

程稚清崇拜地看著明慕青，完全沒想到她這麼颯爽。

明慕青可是武將世家出身，自小學習武藝，如果不是生產虧空了身子，她現在應該是能上戰場的人。這些天，都能看到明慕青一大早起來練武，說要把這些年丟的東西都撿回來。

程稚清想到明慕青上一世的結局，如果她身體夠好，也是能夠護著家裡人到幽州吧。

上一世的明慕青，在家裡僅剩的男人去挖礦後，她一人白天在家中照顧生病的白舒雲，偶爾上山挖野菜貼補吃食，也是遇到了今世這個男人。她體弱，沒有辦法與他對抗，也接受不了自己受到欺辱，最終用手裡的柴刀自盡了。

程稚清看著今世的明慕青，真的很慶幸調理好了她的身體，讓她一個人也有辦法對付這人。

程稚清走到明慕青身邊接過她手中的東西，目光閃閃地道：「明姨，您真厲害。」

明慕青看著程稚清崇拜的眼神忍不住笑了出來，她輕輕拍了一下程稚清的腦門。「哪裡厲害，要是我年輕的時候已經剁掉他一隻手了，哪裡還能讓他逃脫。走吧，我們先進去。」

晏修同和晏承淵準備進去時，被晏瀚海攔住了。「修同、承淵留下。」

他們見狀，乖乖留下了。

晏瀚海覺得他們被家中養得過於單純，有意藉此好好鍛鍊一下他們。

等再次見到晏修同和晏承淵的時候，他們面色蒼白，顯然都是吐過的樣子。

大月的人已經不知道去哪裡了。

晏瀚海看著他們的眼神帶著嫌棄，他似乎在說這兩個也是晏家的男人，怎麼這麼沒用，一點小事而已，如此大驚小怪。

晏修同和晏承淵兩人癱坐在椅子上，只覺得晏瀚海還寶刀未老。

白舒雲端了飯菜到廳堂。「怎麼樣了？問出什麼了？」

顯然白舒雲也知道晏瀚海去做什麼了。

晏瀚海重重嘆了一口氣。「三日前，大月的人就進幽州了，他們是第一批人馬一共有百來人，不知道後面還有多少人，也不知道會有多少會到我們村子中。」

白舒雲一愣。「要告訴村裡人嗎？」

晏瀚海沈思了一會兒。「說吧，如果真的百來人都到我們村子中，就憑我們幾個也沒辦法保護家裡的人，還是要團結村裡的力量去對抗大月的人。再說了，我做不到眼睜睜看著村民去死。」

白舒雲沈默點頭，良久才說：「也不知道承平他們怎麼樣了。」

「唉，他們收到消息應該就會趕回來了，我們還是要先度過眼前的難關。吃吧，吃完後，我還要去找村長說明情況。」晏瀚海對著眾人說。

因為這個消息，眾人都有些消沈，在沈默中吃完了這一餐。

程稚清一直在想可以怎麼幫助到眾人，至少讓沒有手無縛雞之力的女人們能保護自己的安全，如果真的打起來，她們也可以出一份力。

突然她想到上一世看過弓弩的製造過程，她飯都沒有吃完，就衝去房間拿筆紙將圖紙畫出來。

眾人面面相覷，他們不知道程稚清去做什麼了。

沒一會兒，程稚清拿著手中的圖紙跑了進來交給晏瀚海。晏瀚海是武將，應該知道這份圖紙有多大的價值。

晏瀚海放下手中的筷子，接過圖紙，看到紙上內容的那一刻，他臉上驚訝的表情顯而易見。

晏瀚海拿著圖紙的手微微顫抖，看向程稚清。「這……」

作為一個上過戰場的武將，他摸過各種各樣的兵器，像這樣小巧、威力大的弓弩還真的沒有見過。

雖然他們現在弄不到精鐵，但是如果用竹子做，威力應該也不差。

程稚清不知道晏瀚海到底在想什麼，她以為自己的圖紙不行，忐忑地看著晏瀚海。「晏爺爺，這弓弩不行嗎？」

晏瀚海搖搖頭，嚴肅問道：「小清啊，妳這個圖紙是哪裡來的？」

程稚清也說不出來，總不能老實說自己是穿越來的吧，於是靈機一動，解釋道：「具體的我也記不太清楚了，應該是小時候在家裡看到的。剛才我想著要怎麼對付大月國的人，這張圖紙突然就出現在我腦海中。」

「這個圖紙還有人看過嗎？」

「應該沒有了。我小時候只要在家裡看書，繼母派來的嬤嬤就會把我看的書扔火堆裡燒了。」程稚清面無表情地編著謊話。

晏瀚面上露出遺憾的表情。「可惜了啊。」

程萬聽見孫女這麼說，又一次恨自己沒有不顧一切地把孫女接回身邊，反而相信程明知那個男人會好好對待他孫女。

程萬眼神中透露著悔恨，程稚清看到了，心裡大喊不妙，怎麼自己扯謊一定要說到程家，說在書齋裡看到的不行嗎？

程稚清趕緊轉移話題。「晏爺爺，這個弓弩怎麼樣？」

「好，很好。有了這個弓弩，村民也能夠自己禦敵了。小清啊，謝謝妳了。」

程稚清不好意思地撓了撓頭。「哪裡，只是恰好看到記了下來，能幫上大家就好了。」

晏瀚海把圖紙交給晏修同。「修同，你今晚和承淵就在家裡用竹子試試，看能不能做出來。」

晏修同雖然在家裡不愛練武，但看到好的兵器就會充滿幹勁。他接過圖紙，看到圖紙上的內容眼睛一亮。「是！保證完成任務。」

他三兩口把碗中的飯扒完，就拉著晏承淵去院子，晏承淵手中還拿著筷子一臉狀況外。

這樣一鬧，氣氛都緩和了，眾人吃過晚飯後，天已經黑下來了，晏瀚海讓晏修景陪著他去找村長。

他們站在村長家門口，晏修景敲了敲門。

出來開門的人是村長媳婦，她見到晏家人往後退了兩步，冷著臉道：「你們來做什麼？」

晏修景並不在意她的態度。「我們找村長有事，關乎全村人性命的事。」

村長媳婦現在不敢再得罪晏家，雖然她依舊討厭晏家，但聽到事關全村人性命，還是去找了村長。「進來吧。」

村長見到晏家人有些微愣，雖然他們都在一個村子中，但他們有幾個月沒有見過面了，加上上次他媳婦去晏家鬧的時候，他沒有站出來說話，如今再見面還是有些許尷尬。

「咳咳，你們這麼晚過來有什麼事嗎？」

晏瀚海看了一眼村長媳婦，村長就懂他的意思。「老婆子，妳先出去。」

村長媳婦瞪了村長一眼，卻也不敢說什麼。

晏瀚海見村長媳婦出去並把門關上了，緩緩道：「我兒媳今天上山看見了大月國的人。」

村長手中的煙桿掉落到地下，他顧不上煙桿，猛地站起身子，瞪大眼睛驚慌失措地看著晏瀚海。「什麼？你說誰？大月？」

晏瀚海點了點頭。「我兒媳將他帶回來了，我們從他口中得知大月國的人已經進入幽州，現在在姚安府了，我猜想應該過不了多久就到我們這裡了。」

村長向後退了兩步，被絆倒在椅上，口中喃喃道：「怎麼又來了，怎麼又來了……」他突然看著晏瀚海。「晏老弟，我知道我媳婦上次去你家鬧事是我們的錯，你千萬不要放在心上。你們晏家那麼有本事，這件事你可要幫幫村子中的人啊！」

晏瀚海撇撇嘴，嗤笑一聲。「我們晏家就幾個人，你們說怎麼保護村中的人？聽說大月國來了百餘人，他們個個手中都有刀，你說我們怎麼保護你們？用身體擋在敵人面前，跟他們說先殺我們，不要殺你們？」

他以前是大魏的將軍，保護百姓是軍人的職責，現在他被流放了，手無寸鐵，自己的家人都差點保不住，還怎麼保護一群跟他沒有關係的人。

他今日來的目的，不過是團結村中人的力量，自保罷了。

村長怔怔地看著晏瀚海，在他心中只知道晏家人很有本事，卻從來沒有想過晏家人為什麼要保護村裡人。

村長似乎冷靜下來了。「那你們今日來的目的是什麼？」

「大月國的人不知道什麼時候過來，我們現在能做的就是召集各家各戶的人，團結起來去對抗大月國的人。」

村長的肩一下就耷拉下來。「可是我們村裡哪裡還有人？男人全都去挖礦了，家裡只剩下老人、女人和小孩。」

晏瀚海開始有點沒耐心了。「當初村裡每家就去一個男人，就連你家都剩下一個兒子，其他人家都沒人了？」他站了起來。「你們自己想想吧，你們是願意爭取一把，還是甘願等死，如果你想清楚了，明天過來找我。我先走了。」

晏修景向村長點了點頭，跟著晏瀚海走了。

晏修景和晏瀚海並肩走在回家的路上。「爹，您說他們明天會過來嗎？」

晏瀚海淡淡道：「看他們想不想活命吧，大月的人可不是搶完糧食就走的。」

晏修景想起剛才的一幕，冷笑一聲。「村長想得可真精，居然想要我們晏家去保護他們，不說他們對我們如何，就憑他媳婦來我們家鬧過幾次，我們都沒有說什麼，他現在居然還有臉求我們？真是笑話。」

「人不為己，天誅地滅啊！走吧，快點回去，你娘他們在家裡應該也等得很著急了。」

他們一回到家，晏家人和程家人都在，眾人都沒有睡，在等他們回來。

白舒雲見到他們父子回來，立刻迎了上來。「怎麼樣？」

晏瀚海搖搖頭。「現在還不清楚，具體可能要等明天，我們先自己做好準備吧。」

大家都坐在廳堂，等著晏瀚海安排，他沈思了一會兒，緩緩開口。「我們明天先在自家院牆上和牆下做點陷阱，防止有人爬牆進來。

「老婆子就在屋中保護思潔和孩子們，等弓弩做出來以後，我們每個人手中都要有一把，我有作戰經驗和修景打頭陣。」

程書榆立即站出來反對。「您年紀大了，怎麼能讓您打頭陣，要也應該是我衝在第一個才對。」

晏修景也跟著勸道：「是啊，爹，我和程哥打頭陣，雖然我武功沒有大哥那麼厲害，但小時候也練過幾年。您作戰經驗豐富就在後面指揮我們，給我們制定策略。」

「是啊，晏爺爺，我們這裡現在只剩您一個上過戰場，到時候每人用的弓弩都要您來安排，不然亂烘烘的射到自己人怎麼辦？」

晏瀚海沈思一會兒，覺得他們說得有道理，因為不知道大月的人什麼時候來，決定明天陷阱設置完成後，給他們來一次集訓。

「咻」一聲，眾人的目光突然都看向門，廳堂的門上赫然插著一根竹箭。

晏修同和晏承淵兩人走了進來，晏修同手上還拿著弓弩，他依然擺著剛才射箭的姿勢。

晏瀚海沒有想到他們居然能這麼快就完成一把弓弩，他走過去搶過晏修同手上的武器，在手中來回打量，突然他瞄準大門，手一鬆，箭射出去，深深插到門上。

他心裡有些感慨，這還僅僅是竹子做的，如果是精鐵造的，應該能把門射穿。他突然有些惋惜，如果這個東西能夠早點出現，就不會有那麼多兄弟死在戰場上了。

晏瀚海看著手上的弓弩，大喊三聲好。「修同，承淵，你們明天盡全力做弓弩，我們爭取在大月人來之前，做到家裡每人都能使用弓弩。」

晏修同和晏承淵用力地點了點頭。

「好了，回去睡吧，今晚可能是最後一個安穩的晚上了，不過大家都不要睡得太沈，保持警惕，如果有事就來我們這邊。」

程萬站起身子。「知道了，晏老哥，我們都不是紙做的，要是他們敢來，就讓他們有來無回！」

程稚清點點頭。「我們還有毒藥，實在不行也能毒倒一片，晏爺爺您就放心吧，不要太過擔心了。」

「好了，好了，都回去睡吧，養足了精力再戰鬥。」

程書榆抱著已經睡著的兒子和家人們回家，晏家眾人也都陸陸續續回房了。

第二十四章

一早天還未亮，晏修景就和晏修同、晏承淵三人爬上院牆，他們將削尖的木棍插在院牆上。

晏修同抬起手，抹了一把臉上的汗，望見遠處黑壓壓的一群人向晏家方向走來。

晏修同望著那個方向看了幾秒，用胳膊肘捅了捅身邊的晏承淵，並壓低聲音喊了一聲晏修景。「二哥，你看。」

晏修景和晏承淵順著晏修同的視線看過去。

晏承淵目光冷冷地看著遠處的人。「是大月國的人嗎？」

因為天還未亮，人又距離得有些遠，所以看不清是誰往這個方向來。

晏修景搖搖頭。「應該不是，他們走得慢吞吞，稀稀落落，大月要是這樣早就被殺個幾百回了。」

他將手裡的東西放下來，扶著梯子往下爬。「我去跟爹說一聲，應該是村裡人來了，你們接著弄，牆頭好了之後，把牆下也裝上。」

晏修景去晏瀚海的房間，敲了敲門，輕聲道：「爹，村裡的人來了。」

隨即，屋內傳來沙啞的聲音。「知道了。」

晏瀚海這一晚因為大月國的事情都沒有怎麼睡，一聽見晏修景的聲音立刻就清醒了。他穿好衣服，走出房門就看見自家院牆上，密密麻麻地插著尖木棍。

晏修同和晏承淵兩叔姪正蹲在地上，將院牆下也插上尖木棍。

晏修景走了過來。「爹。」

晏瀚海看了他一眼點了點頭，二人去廳堂等著。

沒一會兒村裡人就到了，村長站在首位，敲響了晏家的門。

村長昨晚想了半天，摸黑召集村中人，將晏家說的事告訴他們。

村裡人自然不想要等死，既然沒有官會來救他們，那他們不如跟著晏家拚一把，晏家是有本事的，他們連雲山上的猛獸都不怕，應該也不怕那些人吧。

村民們商議好後就回去睡了，畢竟發生這種事也沒有誰能夠睡著，等到差不多時間，就一個個聚在村長家等著，待人齊了，一起來晏家。

村長敲了門後，領著村人在門口靜靜等待，村人們臉上都帶著些許的焦慮。

晏承淵聽到敲門聲，上前給他們開門，他看著眼前眾人，後退了一步讓出位置。「進來吧，爺爺在等你們了。」

晏承淵不知道他這樣說，在村中人聽來感覺晏家更厲害了，晏瀚海居然已經知道村人來了，並且都在等他們。

天已經漸漸亮了起來，眾人跟隨晏承淵走進院子，抬頭就望見晏家牆上和牆下插著密密麻麻的尖木棍，對晏家更是佩服，同時也更加覺得晏家可以帶領他們活下去。

晏承淵帶著村人去廳堂，因為人來得太多，晏家並沒有那麼多椅子，所以就只有村長和幾個年紀大的人坐下。

村長也是一夜未睡，看起來有些蒼老。「晏老弟，你說我們要怎麼做？只要能保證我們家人安全，我們都聽你的。」

廳堂內頓時響起七嘴八舌的聲音。「是啊，是啊，我們幹什麼都行，只要能活下去。」

晏瀚海被這麼多繁雜的聲音吵得頭疼，想說話卻插不上嘴。

晏修景注意到他爹的情況，立即大聲吆喝。「大家安靜一點！安靜一點！都聽我爹說！」

眾人見此紛紛噤口，晏瀚海這才開口。「既然大家信任我，那我就說一說自己的看法。我們村裡大多是老人和婦女，如果讓我們跟那些拿刀的大月國人對著幹，我們肯定是打不過的。所以我們要製作武器，比如弓箭，讓大月人在離我們較遠的地方，就把他們擊殺。」

「可是我們不會做武器啊！」

「是啊，是啊，這可怎麼辦？」村人焦急的聲音立刻響起。

晏瀚海抬了抬手，做出安靜的手勢。「這個大家不用擔心，武器我們會做，大家到時候幫點忙就好了。」

「行啊，我們這些人一把力氣還是有的。」

晏瀚海點點頭，接著道：「我記得村口有一棵大樹，每天讓人爬到樹上守著，如果發現大月的人要立刻傳信給我們，我們可以立即打他們一個措手不及。老人和孩子都集中到一起，不要出去瞎跑。

「敵人來的時候，我們晏家和書榆……」晏瀚海停頓一下。「也就是傅山，到時候他們會在你們前面迎敵，你們不要慌，聽從他們的指令。」

村長聽到傅山這兩個字，臉色有些複雜，原本傅山是他們村中最窮的人，可自從聽說他找到他爹後，立即在晏家附近建了房子，日子可謂一點也不差了。

村長點點頭。「行，晏老弟我們都聽你的，你說怎麼做，我們就怎麼做，保證不會給你們添亂。」

「那你們就先回去準備吧，留一些人下來幫我們把東西做出來，爭取大家每人手中都能有武器。」

村長立即點了幾個人出來，讓他們留下來幫忙，隨後就帶著其餘人回去了。

晏瀚海讓留下來的人跟著晏修景先去院子，再把晏修同和晏承淵叫進來。

「爺爺，您找我們有事？」晏承淵進門問道。

晏瀚海對他們招招手，示意他們走近一點。「你們一會兒將弓弩拆分成幾個部分，分別讓他們做其中一部分，重要的地方千萬不能讓他們知道，組裝弓弩就辛苦你們了。」

畢竟弓弩是攻擊性強的武器，如果村裡人誰有不好的念頭，想要靠著將弓弩賣給大月人過上好日子，那麼他們連唯一的優勢都沒有了。

晏承淵了然點頭，晏瀚海見晏修同似乎有些懵懂的模樣，向他擺了擺手。「不懂就讓承淵解釋給你聽，出去吧。」

廳堂中只剩下晏瀚海一人，他坐在那兒，想著還有什麼可以改進的地方。

在眾人不眠不休忙碌兩天後，弓弩終於做到人手一把。

晏修景將弓弩發放給村中人，村裡人見到這麼小的弓弩，都有點不相信這居然可以殺人，直到晏修景當著他們的面發射一根竹箭，竹箭深深插入到樹上。

原本還議論紛紛的村民，見到這一幕立即閉嘴，他們不該質疑晏家。

晏修景給他們細細講解弓弩應該如何使用，再讓他們上手練習，提高他們的瞄準率。村裡人包括女人都練得十分認真，畢竟是關乎性命的大事。

幾日後。

「來了，來了！」樹上的村民看見遠處有大約十來人穿著大月國的服飾，朝大山村走來。他差點沒有站穩從樹上摔下去，連忙扶住樹枝，順著樹幹往上爬，從懷中掏出紅布繫在最高端。

這是他們當初商議的結果，跑回村中太浪費時間了，所以直接在樹上繫紅布，顯眼又方便。

村裡人一看到村口的大樹繫上紅布，立刻放下手中的活，老人和小孩全都前往祠堂，有的人去原先的傅家喊程書榆和晏修景。

程書榆和晏修景這些日子沒有住在晏家，而是住在傅家，這裡離村中近，知道消息也快。

晏瀚海得知消息後，立刻和晏修同、晏承淵、程稚清趕往村口。

明慕青則留在家裡保護女人和小孩。

晏瀚海不放心自己人跟著村民在一起，畢竟村長媳婦對晏家有偏見，如果他們守不住，讓大月的人進來了，那麼晏家人一定是先被放棄的，既然如此，還不如就讓家裡人待在家中。

程書榆和晏修景已經站在村口處，他們身後是這些天練習效果好的人，他們每人手上均有一把弓弩，腰後別著一把柴刀。

有的人握著弓弩的手還在發抖，可是為了身後的家人、孩子都奮不顧身地站在最前面。

此時大月國的人已經接近村口，他們遠遠地就瞧見在村口嚴陣以待的人。

其中一人指著他們。「老大你看，笑死了，他們不會覺得自己這樣就能阻攔我們吧？」

被稱為老大的人嗤笑一聲。「呵，不自量力。走！」

程書榆見大月國的人不停逼近，他射出一箭，竹箭插入為首者的腳前，大月國的人見此，腳步一頓。

程書榆冷冷地看著他們。「我警告你們不要再往前了，不然後果自負！」

被稱為老大的人看了一眼腳下的竹箭，從地上拔出竹箭，仔細打量了兩眼，雙手一用力就將竹箭掰成兩半，他緩緩抬頭，眼神陰鷙地看著眼前的村民。「就這點小把戲還想攔住我們？」他手一揮。「上！」

大月國的人抽出刀齊齊衝了過來。

程書榆見此，目光淩厲，堅定地吐出一個字。「射！」

村民們深呼吸，眼神堅定，毫不猶豫地向大月國的人發起攻擊。

竹箭如雨般向前射去，大月國的人覺得這箭是竹子做的，並沒有他們的精鐵厲害。

一根竹子做的箭，就算削尖了又怎樣，根本不足為懼。

程書榆和晏修景看著大月國的人一直往前衝，他們並不慌張，帶著村民瞄準目標就放箭。

「小心竹箭！」直到一個人腿上被竹箭射中，才恍然大悟，這竹箭並不是他們所想的那麼沒用，反而威力很大。

等到大月國人知曉竹箭的威力後已經來不及了，很快大月國的人手上、腳上都被竹箭射中了。

大月國的人這時有些猶豫，不知道還該不該往前。

老大是唯一個沒有被射中的人，他眼神陰冷地看著大山村的人。「你們給我等著！撤！」

他們這次只來了十來個人，現在這樣的形勢可能沒辦法拿下這個村子，反而把自己陷進去。

大月國的隊伍隨著老大的一聲令下，馬上往後撤退，撤退途中還不斷拿刀擋住竹箭。

程書榆和晏修景對視一眼，大喊道：「快攔住他們，不能放他們回去！」

程書榆和晏修景立刻追了幾步，對著老大放出一箭，一人射中他的心臟，一人射中他的頭。

那老大還沒反應過來，只覺得身上一疼，腳步一頓，人往後仰，眼睛瞪得大大的。

他怎麼也想不到自己居然就這麼死了。

剩下的人看著首領就這麼被殺死，頓時慌了，他們也沒有管老大的屍體，只想趕緊逃命，有些人甚至連刀都不要了。

「快攔住他們，不能讓他們回去！」

隨著晏修景的怒吼聲，村民紛紛放下弓弩，抽出腰後的柴刀衝上去和大月國的人打作一團，兩、三個村民對付一個大月人。

大月國的人個個都被弓弩的竹箭給傷了，戰鬥能力大大不如振奮的村民。

不過村民還是不敢下死手殺人，只敢把他們的刀扔掉，將他們捆成一團。

當他們看到大月國的人都被捆起來後，簡直不敢相信自己的眼睛。他們居然真的能夠憑藉自己的力量戰勝大月國的人，並且做到沒有讓村人死去。

一個村民看著眼前這一幕，手中的柴刀突然掉下去，「砰」一聲把他驚醒了。「我們贏了！我們贏了！」

眾人這才緩過神來，紛紛大喊道：「贏啦，贏啦！」

晏瀚海他們到的時候，戰局已經差不多了，他們含笑看著村民。

遠在祠堂的村長也聽到村民的驚呼聲，立刻吩咐其他人不要出去，自己先出去看看情況。

當他看到地上的大月人和高興的村民，還有什麼不明白的。

村長立刻上前拉住晏瀚海的手。「晏老弟啊，真是太謝謝你了，多虧了你，我們才能活下來。」

村民聽到村長這麼說，也從激動的情緒中反應過來。「是啊、是啊！傅山謝謝你啊！不知道原來你這麼厲害。」

村裡人還是習慣叫程書榆為傅山，不過程書榆只是笑了笑，沒有說話。

晏瀚海靜靜聽著他們說了一會兒後，才開口。「這只是第一戰，今天來了不過十多人，我聽說大月派了百人，如果這些人沒有回去，他們就知道這些人被我們給抓住了。」

村民一聽，頓時緊張起來。「那……那怎麼辦？我們要不要把他們放了？」

晏瀚海搖搖頭。「不行，不管我們有沒有抓住他們，大月的人都不會放過我們，如果現在把他們給放了，其餘大月人就知道我們手中有弓弩，下次就會做好準備再來，那我們這點優勢就都沒有了。」

「對！不能放！」

「那我們現在應該怎麼辦？」村長問道。

「還是留人看守，一有動靜就要掛紅布，其他人回去繼續削竹箭。大月的人明天應該是不會來的，大家不用太過擔心。」晏瀚海擔心村中人害怕，還是盡力安撫他們。

程稚清等他們安排完後續的事情後，才開口說話。「有受傷的人來我這裡，我帶了藥幫你們包紮。」

村裡人都是普通農民，能鼓起勇氣與大月的兵打一架，沒有人死已經是萬幸了，但還是有些人難免受了傷。

村民們有些不好意思，一個個扭捏著不肯上前。「程姑娘，我們這傷不礙事，就不用浪費藥給我們了。」

「是啊，是啊，都是小傷，用不著上藥。」

程稚清立即換上嚴肅的神情。「你說你們不用上藥，那如果兩天後大月的人來了，這些傷影響了你們怎麼辦？誰能夠負起這個責任？」

村民聽她這麼一說，不敢推辭，一個個排隊乖乖上前讓程稚清上藥。

程書榆和晏修景帶著人，把捆起來的大月人拖回傅家關押起來，等到晏承平他們回來的時候，再交給他們處理。

晏瀚海他們沒有等程稚清就先回晏家，家中還有人在等他們，如果他們不早點回去，家裡人會擔心。

村民們處理好傷口後，留下一個人在樹上看守，其餘人跟著村長去祠堂接自己的家人。

村長一開門，就見到祠堂中的人拿著弓弩對著他們，每個人臉上都是緊張的神色，見到村長後才鬆了一口氣，紛紛圍上來。「怎麼樣，怎麼樣？」

「打贏了，打贏了！」村民們立刻激動地喊起來。

他們七嘴八舌說著自己剛才有多麼英勇，甚至還有些人舉起手上的傷給家裡人看，說這是英雄的印記。

村長待他們說得差不多了，又細細叮囑他們。「你們千萬別以為大月人都這麼弱，今日只是我們僥倖勝利，有晏家給的弓弩以及大月來的人少，下次就不一定了，你們都要提高警覺，不能因為這次的勝利就輕敵，知道了嗎？」

村民們立刻收斂臉上的表情。「知道了，村長。」

「行了，回去吧，多做一點竹箭。」

晏家。

白舒雲抱著出生幾個月大的晏承柏坐在廳堂中等待，她身邊緊跟著晏承安和傅安和，他們似乎知道要發生大事了，一句話也沒有說，兩隻手緊緊握在一起。

晏承柏是晏修景的小兒子，取柏這個字是希望他能夠一生平安。

鍾思潔和傅新雅都焦急地走來走去，嘴裡不停念叨。「怎麼還不回來？怎麼還不回來……」

明慕青覺得自家公公本事大，幾個月國人而已，應該不會有事。

晏綺南和傅今瑤手裡都緊攥著弓弩，緊張地看著門口的方向。

傅今瑤和傅安和的姓還沒有改，程書榆打算等回到江城，祭拜過他母親後，再給兄妹倆改名。

「吱呀」一聲，門開了，晏瀚海他們回來了。

白舒雲等人立刻迎上前，鍾思潔和傅新雅都站在各自丈夫身邊，想觀察他們身上有沒有血跡以檢視他們有沒有受傷。

程書榆拉住傅新雅，溫聲道：「我們都沒事，一點傷都沒有，身上的血都是大月人的，放心吧。」

「對，對，媳婦，妳不知道我剛才多英勇，這下我總算明白大哥為什麼喜歡上陣殺敵了。這感覺就是不一般，比我在朝堂上參奏別人來得爽快多了。」晏修景露出滿足的神色。

鍾思潔知道這都是晏修景安慰她的說詞，只是不想讓她擔心而已，不過她沒有拆穿他，只是輕輕拍了他一下。

「現在情況如何？」白舒雲抱著孩子問道。

晏瀚海完全沒有在村民面前運籌帷幄的樣子，他嘆了一口氣。「很不樂觀啊，現在幽州到處動靜鬧得這麼大，軍營卻一點動靜都沒有，妳說這可能嗎？再說了，我們在這裡，如果他們收到消息了，修遠和承平應該早就回來了。」

明慕青一聽，面上一冷。「您是說……」她沒有繼續說下去。

晏瀚海已經懂得她的意思，他點點頭。「這一批人來了，我們把他們扣留下來，他們沒有回去，下一次只怕會有更多人來大山村。我們現在要盡快通知承平。」他鄭重地看向晏承淵。「承淵，只有你跟承平去過軍營，現在讓你去找你大哥，你行嗎？」

鍾思潔面上焦急卻沒有開口阻攔，她知道晏承淵如果沒有去，下一次村裡人未必能夠抵擋住大月士兵。

晏承淵沒有一絲害怕，堅定地點頭。「爺爺，我能行，我一定會去軍營找到大哥和大伯。」

晏瀚海拍了拍他的肩膀。「好，好孩子，修同也和你一起去，兩個人好有個照應，你們帶上弓弩現在就出發，騎著馬去，現在外面大概亂得很，你們騎馬跑得也快一些。」

二人即刻出發，臉上都帶著嚴肅的神情。

晏家人在身後目送他們，眼神中的擔心不言而喻。

晏瀚海看著他們的背影，眼中帶著藏不住的擔心，如果還有其他人，他是絕對不會讓兩個孩子去，只希望他們能夠一路平安。

鍾思潔紅著眼眶，晏修景也擔憂地看著他們離去的方向，緊攥著鍾思潔的手。

程稚清剛好在他們出發之前回來，她目送著晏修同和晏承淵離開，直至他們的背影不見了，才開口勸道：「晏爺爺，你們放心吧，晏小叔和承淵都很機靈，一定會沒事的。」

眾人點點頭，轉身回家。

第二十五章

軍營。

「將軍，外面還沒有大月的消息嗎？」晏承平神色嚴肅地詢問道。

他們已經出來一個多月了，如今家裡一點消息都沒有。

胡大刀是晏瀚海的好友，他想起那天晏修遠父子倆急匆匆趕到軍營，將得知的情報說與他，他氣得一掌拍裂桌子，即刻上書給皇上，至今卻沒有任何回覆。

胡大刀知道晏承平擔心家裡，隨即安慰道：「你別擔心，知府那邊沒有傳來消息，說明一切都是正常的。」

胡大刀年紀大了，早就想要告老還鄉，可皇帝不肯放人，所以他只能一直守在幽州。如今來了晏修遠和晏承平父子倆，他以幫忙找晏承平的大舅子作為條件，把他們父子倆給留下來，幫忙處理軍中事務以及訓練士兵。

這時一個小兵從外頭跑進來，上前一拱手。「將軍，程副將回來了。」

胡大刀大喜過望。「哦？是嗎？快請。」

晏修遠現在是總教頭，天天忙著帶兵訓練。

「將軍既然還有事，那晚輩就先行告辭了。」晏承平說著，就要走出胡大刀的營帳。

胡大刀急忙攔住他。「晏小子別急著走，我這副將可是一點都不輸給你，要不是我這副將回家尋親，你早就見到了，這回你可得好好認識。」

晏承平聽到此話，就聽從胡大刀的意思留了下來。

不多時，從外面走進兩人，一人身穿盔甲，一人身穿斗篷用帽子將臉遮住，看不清容貌。

身穿盔甲的那人走上前，單膝跪地。「將軍。」

胡大刀還未來得及疑惑他身後之人，先行把他扶起。「回來了，家裡人如何？」

那人冷峻的臉上出現一絲難過之色，搖搖頭沒有說話。

胡大刀以為他的家人都已經沒了，只拍了拍他的肩膀表示安慰。

晏承平站在一旁，覺得這人長得有些眼熟，眉眼都與程稚清十分相像，問道：「不知程副將叫什麼名字？」

程副將看著開口之人，疑惑地看著胡大刀，胡大刀爽朗一笑。「來來來，給你介紹一下，這是晏承平，當初風靡全京的晏小將軍。」

程副將聽說過他的名號，如今算是見識到了，他朝著晏承平一拱手。「程石。」

晏承平聽到名字與程稚清告知的不同，但還是有些不死心繼續問道：「不知……」

他還沒有問出口，便被胡將軍給打斷了。「你身後的這人是？」

程石還未介紹，只見他身後之人摘下帽子，沈聲道：「承平，沒想到你居然在這裡。」

晏承平看見這人的容貌大吃一驚，頓時就要單膝跪地，卻被這人給拉住了。

「太子，您怎麼會來這裡？」

胡大刀也十分震驚，他鎮守幽州多年沒見過幾次太子，連忙跪地。「太子殿下。」

男子扶起胡大刀，苦笑一聲。「別喚我太子了，就喚我靖之吧。要不是得到程小將軍的救助，這世上有沒有我這個人還不知曉。」

此時晏修遠也進來了，看到眼前之人也是大為震驚。「太子殿下？」

魏靖之拱了拱手。「晏將軍。」

晏修遠趕忙擺擺手。「殿下說笑了，我現在哪裡是什麼將軍。您怎麼在這裡？」

晏承平看著他猶豫道：「這到底怎麼回事？」

晏家和魏靖之關係不錯，晏承平曾經是魏靖之的伴讀，晏修遠也指導過他的武藝。

「看來消息還沒有傳到你們這裡來。我去慶城賑災，得知皇上將你們流放幽州，我不相信你們會做出此番造反之事，想要回京求皇上重新調查，結果回京途中遭遇老二的人手埋伏，身受重傷，多虧了程小將軍相助才能保下性命。

「老二將我身死之事傳給皇上，誰料他也沒有調查，便向天下人公告太子已死之事。我如今是已死之人，若我活著回去，必定還會遭到老二的毒手。」魏靖之面色淡淡，看不出有一絲一毫的不滿。

晏修遠滿是愧疚。「要不是為了我們，您也不會……」

魏靖之搖搖頭。「不是你們，是我二弟狼子野心，不管有沒有你們，他都想將我除之後快。」他溫和地笑了笑。「不說我了，你們怎麼樣了？晏老和晏老夫人可還安好？當初你們被流放幽州，我一點忙都沒有幫上，當真是慚愧。」

晏承平正要回答，就聽見有人來報。「將軍，之前來過的晏小少爺帶著他小叔，說要求見晏少爺。」

晏修遠和晏承平面色一冷，怕是家中有什麼事才會讓他們兩人尋到軍營。

魏靖之雖然疑惑但沒有開口，只聽見胡大刀說了一句。「讓他們進來。」

那士兵應聲便出去了，營帳內的眾人都沒有說話，氣氛有些壓抑，直到士兵領了兩人進來。

晏修同和晏承淵兩人蓬頭垢面、衣衫襤褸，他們見到晏修遠和晏承平頓時鬆了一口氣。

「大哥，承平。」

晏修遠見他們這副模樣以為家中遭遇了什麼不好的事，上前抓住晏修同的肩膀，厲聲問道：「家中怎麼了？」

晏修同被晏修遠捏得骨頭都要斷了，他斷斷續續說出幾個字。「大月國的人來了。」

他開口就是一個爆炸性的消息，把胡大刀驚得都跳了起來。「你說什麼？」

晏承平比較冷靜，看著晏承淵道：「承淵，你把事情說一下。」

晏承淵點點頭開口道：「兩天前，大月的人來了十餘人，我們殺了其中的首領，把其他人關押在村中，爺爺覺得大月可能會派更多人攻打村子，村裡人怕是打不過，便讓我和小叔出來尋求救援。」

「家裡人呢？家裡人有沒有事？」

晏修同從晏修遠的手下掙脫出來。「沒事、沒事，但是我們再不回去可能就有事了。我們出來那天遇見了大月的人馬，大概有兩、三百人，我們怕引起他們的注意，把馬給棄了，一路躲躲藏藏走來的，如果不是這樣，我們昨天就到了。」

胡大刀一掌拍上桌子，桌面上頓時出現一道新的裂痕。「他奶奶的，這知府要是不能幹就別幹了，這麼大的事都過去兩天了，還不通知軍營，都是幹什麼吃的！」

魏靖之沈思片刻。「怕是知府已經叛國了，大月的三百人毫無聲息地潛入幽州，可能是知府動的手腳，也許是知府將消息掩蓋下去，即使引起此番動靜，軍營卻一點也不知情。當務之急還是要先解救百姓，現在怕是百姓都生活在水深火熱之中了。」

胡大刀道：「殿下說得對，我這就去召集人馬。」

晏承淵突然喊了一句。「胡將軍稍等片刻。」他從懷中拿出一張圖紙。「這是家中人做出來的，爺爺讓我們帶與您，說不定會有作用。」

胡大刀接過圖紙，一看是這麼小的弓弩並不當一回事，這小弓弩對他來說就像是玩具，他隨手將圖紙收進懷裡，面上敷衍道：「知道了，我會找人看的。」

晏承淵見狀就知道他沒有當回事，便與晏修同對視一眼，晏修同當即明白他的意思。

晏修同將手舉起來，「咻」一聲，一支竹箭便直直朝胡大刀後背射去。

胡大刀做了這麼多年的將軍也不是擺設，他猛地一轉身，出手抓住竹箭，當他看到手中的暗器竟然只是一根竹子做的短箭，不禁露出驚訝的神色。

晏修遠一巴掌拍向晏修同。「快向你胡叔叔道歉，這怎麼能夠隨便玩？要不是你胡叔身手敏捷，萬一有個好歹，一百個你也賠不起。」

胡大刀出聲阻止。「孩子嘛，還小、還小，沒什麼大事。」他看著晏修同臉上盡力擠出一個慈祥的笑容。「可以把你剛才用的東西給胡叔看一眼嗎？」

晏修同沒有猶豫，直接把手中的弓弩給胡大刀。「剛才承淵已經把圖紙給您了，這就是按照圖紙做出來的，我們村就是靠這個弓弩擊敗大月十來個人。」

胡大刀拿著弓弩，順便試了試，面上的表情漸漸凝重。「你這弓弩借胡叔幾天，過幾天還給你。」他說完，快速走了出去。

程石原先準備跟著胡大刀一起出去，可是他突然聽到熟悉的名字。

晏承平問著晏承淵，眼裡帶著溫柔的目光。「她怎麼樣了，有沒有逞強？」

晏承淵一臉無奈道：「哥，你還不知道稚清妹是什麼樣的人嗎？這個弓弩就是她拿出來的。」

程石聽到這個名字，腳步一頓，立刻轉身走到晏承淵面前，臉上帶著著急的神色。「你說什麼？」

晏承淵看著程石似乎要把自己吃了的神情，試探性地說：「弓弩圖紙？」

「不是，什麼妹？你剛才說的那個人是誰？」

晏承平似乎明白了什麼，他把晏承淵推到自己身後。「他說的那個人叫程稚清，她的父親是程明知。」

程石腦海中「轟」一聲，晏承平就這麼看著程石紅了眼眶，嘴唇不停顫抖，良久後才聽到他的聲音。「稚清……稚清，她怎麼樣了？過得好不好？」

晏承平沒有直接回答這個問題，反問他。「你是程天磊？」

「是，我是程天磊。我妹妹她現今在哪裡？」程天磊著急地看著晏承平。

天知道他回到京城得知妹妹成婚又和離了，人還不知所蹤，他有多麼著急。

「現在時間來不及，你可以和我們一起回大山村，稚清就在那裡，你有什麼話可以自己問她。」晏承平不敢跟大舅子擺臉色，但是時間緊迫，他也沒有辦法說得過於詳細。

「好，我這就跟將軍說。」程天磊平靜了一下情緒，大步走出營帳去尋找胡大刀。

晏修同和晏承淵驚訝地看著他們，這就是稚清姊心心念念找尋的哥哥？這麼簡單就找到了？

魏靖之似笑非笑地看著晏承平。「難得見你態度這麼好。」

晏承平輕笑一聲，開著玩笑。「大舅子嘛，當然得討好。」他立即擺正臉色。「之後打算怎麼辦？有什麼計劃？」

魏靖之冷笑一聲。「既然他不義，我又何必仁。上面的不想下來，覺得誰都是威脅，誰都要除掉，偏偏他的兒子又想要那個位置。現在把我除掉了，那下一個就是他了，我倒要看看他們是誰把誰除掉。」

魏靖之臉色一變，完全沒有剛才的冷意，又恢復了那副溫文爾雅的樣子。「承平和晏叔既然在這裡，可得留下來幫我。」

晏承平輕笑。「自然，我也是要回去看看某些人過得好不好，過得不好可就白費了他當初動的手腳。」

魏靖之和晏承平相視一笑，二人伸出手在空中擊掌。

晏修同完全不懂他們在說什麼，悄聲問在一邊的晏修遠。「大哥，我們什麼時候回去？

我怕那些大月的人去村子了。」

晏修遠還沒有回答他，正巧程天磊走了進來。「走吧。」

晏家。

鍾思潔抱著孩子在院子中踱步。「都兩天了，不知道小叔和承淵怎麼樣了？」

晏修景從她手中接過兒子，一邊做鬼臉逗兒子，一邊說道：「放心吧，承淵和修同都相當機靈，他們說不定明天就回來了，妳就放心吧。妳看，兒子笑了，咱們兒子也覺得小叔和哥哥聰明啊，是不是？」

晏修景看著傻呵呵笑著還流口水的兒子，自己不禁也笑出聲。

被他這麼一鬧，鍾思潔擔心的情緒也散了幾分，她走上前嬌嗔道：「哪有你這麼當爹的，你兒子口水都快流到脖子上了，也不曉得幫他擦一擦。」

看著幫兒子擦口水的鍾思潔，晏修景不敢多說什麼。

「吃飯了。」

「快走，快走，大嫂喊我們吃飯了。」晏修景拉著鍾思潔往廳堂裡走去。

他把鍾思潔往椅子上一按，把兒子放到鍾思潔懷中，自己走去廚房幫忙。

待眾人都坐下後，晏瀚海才開口。「程老弟你們一家今晚都不要回去了，就在我們這裡擠一擠。」

程萬皺眉。「大月的人今晚會來？」

眾人一聽，有種終於要來的感覺，這兩天風平浪靜，他們都要以為大月的人放棄了。

晏瀚海點了點頭。「該是今天了，今晚大家都警覺一點，晚上掛紅布估計看不見，得另想個法子。」

程稚清想了想。「不如拿一根繩子綁著棍子和銅鑼，樹上的人拿著繩子一端，大月人來了就拉緊繩子，這樣就能帶動棍子敲到銅鑼上怎麼樣？」

晏瀚海思索片刻。「可以，就按小清說的這麼辦。修景，你一會兒去和村長說一聲，讓村裡人都警覺一點，順便做好機關，就放在書榆之前的家中。」

晏修景點了點頭。「知道了。」

交代完事情後，晏修景和程書榆去找村長，一會兒直接回村中的房子。

鍾思潔和傅新雅晚上一起睡，程萬和程稚清之前的房間都還保留著，他們直接睡在那兒，程萬帶著傅安和一起睡，而傅今瑤和晏綺南擠一床。

一晚上平安無事，就當大家以為大月人不會來的時候，突然銅鑼響了。

程書榆和晏修景立刻從床上起來，他們直接拿過銅鑼敲打了幾聲，全村人都聽見了，因為有晏家的提醒，他們晚上都不敢脫衣睡覺。

聽到銅鑼聲，女人立即抱著小孩和老人一起去祠堂，男人則聚集到村口。

晏家人雖離得有些遠，但還是能夠聽到聲響。

晏瀚海晚上根本沒有睡著，他翻身而起，準備去村口看看情況，一出門就遇見程稚清拿著藥箱和弓弩準備出去。

「晏爺爺。」程稚清打了一聲招呼。

晏瀚海點了點頭。「走。」

而晏家其餘人則聚集到一間屋子中，除了還沒有睡醒的三個孩子，其他人面上都帶著擔心。

程書榆和晏修景帶著人已經等在村口，這時天已經微亮，他們能夠聽見遠處傳來窸窸窣窣的聲音。

「人到哪裡了？」程書榆問著樹上之人。

「約莫離我們還有一里地，估計有百來人。」那人有些緊張和不安。

村民聽到有百來人都有些害怕，他們只有三十多人，怎麼打得過？

晏瀚海和程稚清此時也趕到了。

晏瀚海看著村民瀰漫著低沈的情緒，提高了音量。「給我振作起來！大月人就離我們不到一里，我們打不過，難道任由他們搶糧食、殺害孩子嗎？就算我們活不下去，也要拚死保住父母、妻子和孩子的性命。」

「對！就算還有一口氣，我也要拖住大月的人，不能讓他們進村！」

「對！殺死他們，我們還有弓弩，還有柴刀，一定可以！」

程書榆見村民恢復了士氣佩服地看了一眼晏瀚海，不愧是多年帶兵打戰的大將軍，寥寥數語就能激起村民的士氣。

村民們看著大月的人逐漸從一個小點到漸漸清晰。

晏瀚海觀察著距離，冷喝一聲。「放！」

村民們毫不猶豫地將弓弩對準大月的人。

大月的人沒有防備，頓時被竹箭射中好幾人。「快撤、快撤！他們有暗器。」

這些人原以為先前來的小隊找到很多東西被拖住腳步才沒有及時回去，他們還在抱怨那小隊不懂事，不知道先派一個人回來稟報一聲，完全沒想過會有一隊人被村民給擊敗，在他們之前的經驗中，都是他們欺負百姓，根本沒有百姓有還手之力。

他們今日前來，不過是想早點找到人、拿上東西回去罷了，之前的村子都亂七八糟，一看就知道有人去過了，這裡是最後一個村子，沒想到居然在這裡遇到埋伏。

看來先前的小隊就是在這裡被殺了。

程書榆和晏修景拿出布綁在竹箭上，將桐油倒在布上，用火點燃射向大月人。

這是昨天程稚清提議的作法，晏瀚海認為竹箭如果放得不及時，會連帶著將弓弩一起燒掉，所以沒有採納這個想法。

不過，程書榆和晏修景覺得可以一試，便找來桐油當場執行。

大月國的人躲閃不及被竹箭射中，竹箭上的火勢瞬間蔓延到身上，他們慘叫著在地上翻滾。

「有把握的人可以試一試，但是要及時把箭放出去，千萬不要猶豫。」晏瀚海見此轉身對村民說。

有些膽大的村民直接從身上撕下一塊衣服綁到箭上，沾上桐油點火，沒有猶豫直接發射出去，剛好射中倒在地上的大月人。

大月人退後了一里地，虎視眈眈盯著不遠處的村民，雙方僵持不下。

大月國的人不斷派出人上前消耗他們的竹箭，就在這時，不遠處突然傳來馬蹄聲，大月國的人明顯躁動起來，看起來不是大月的援兵。

程書榆和晏修景相視一眼，紛紛鬆了一口氣，應該是晏修遠和晏承平回來了。

如果他們再不回來，等到他們竹箭消耗完了，就要用柴刀上陣，這樣對他們來說就一點優勢也沒有了。

「救兵來了，大家堅持住！」晏瀚海喊道。

馬蹄聲越來越近，大月人始料未及地被前後夾擊，他們衝向村子中卻被潑了桐油，竹箭點燃直接射了過去，隊伍中的火勢頓時蔓延開來。

隊伍中的領隊不甘心束手就擒，抓過身邊的下屬擋在身前，趁亂往村裡衝，眼見快要到晏修景面前，他拋開擋在身前的人，舉起刀就要砍向晏修景。

晏修景沒有反應過來，好在程稚清離他比較近，她一手就抓住那人的手，一用力就掰斷了。

此時，許多大月人用這個方法混進來，晏瀚海直接從地上撿起大月的刀衝進其中，見村民有危險就上前營救，村民們靠著互相幫忙才勉強抵擋。

越來越多的大月人湧上來，村民和晏瀚海已經快要抵擋不住了。

程天磊帶著軍隊終於到了，他們翻身下馬，衝上前和大月人打作一團。

村民們看著眼前的一幕，快速扶起受傷的同伴，遠離戰場。

程天磊帶來的人比大月國多，沒多久場面就控制住了。

村民們傷勢較重，不過好在沒有人死亡。

程稚清將傷藥分給程書榆和晏修景，讓他們幫忙給村民包紮。

第二十六章

大月國的人很快就被程天磊帶來的隊伍鎮壓了。

晏修遠走到晏瀚海身邊，看著晏瀚海身上帶著血跡，擔憂問道：「爹，您沒事吧？」

晏瀚海一把扔下手中的刀，虎眼一瞪。「我能有什麼事，都是一群小嘍囉還能傷到我不成？我先回去，你娘他們還在家中等著。」

晏瀚海打了一聲招呼就往家中方向走去，直到離村子有些遠了，他才放鬆挺得筆直的背，忍不住捏了捏手腕又捶了捶背。

果然是老了，這麼一會兒工夫就如此累人。

來人小跑至程天磊面前。「程副將，大月之人皆已投降，被關押在村中的大月人也都帶出來了。」

程天磊看了眼大月人又看了一眼村民。「知道了，你派人清理一下，然後先帶人回軍營，將此事稟告給將軍。」

「是！」

程天磊交代完後，接著看向正在幫村民包紮的那個小姑娘。

可能就是血緣關係吧，這麼多人，他一眼就認出了妹妹。

當年他走的時候，妹妹不過還是小矮子，現在都已經長這麼大了。

他就這麼看著，也不敢上前與程稚清相認，這大概就是近鄉情怯吧。他這麼多年沒回去，甚至沒有傳一絲消息，讓妹妹在那個吃人的地方獨自生活這麼多年，他這個哥哥實在是太不盡職了。

程稚清很忙，根本沒有注意到遠處有一個人盯著自己。

晏承平來到程稚清旁邊，看她頭都來不及抬，心疼問道：「要幫忙嗎？」

不只村民受傷，還有士兵也受傷了，程稚清乾脆讓受傷的人全都過來一起包紮。

程稚清聽到熟悉的聲音，驚喜地抬頭。「那你去幫舅舅和晏二叔給受輕傷的人上藥。」

一會兒回去了，他們有得是時間說話，並不在意這一時半刻。

晏承平叫來晏修同和晏承淵，三人一起去給受傷的人包紮傷口，有了他們的加入，處理速度瞬間快了許多。

直到最後一個傷員包紮完，程稚清伸了伸懶腰，一旁的晏承平伸出手，想要扶她起來，沒想到被虎視眈眈的程書榆推到一邊。

程稚清不好意思地朝晏承平笑了笑，搭上程書榆的手，順勢從地上站起來。

晏承平見此也沒有說什麼，輕笑一聲就把手放下了。

反而是程天磊很疑惑，不知這個男人是誰竟然和妹妹如此親近，他悄悄靠近晏修遠。

「晏叔，您知道那個男人是誰嗎？」

晏修遠好奇地看了他一眼，不過又想到程書榆在程天磊他娘成婚前就失蹤了，他不認識程書榆也是正常。「他叫程書榆，是稚清的親舅舅，也是你的親舅舅。」

程天磊內心極為震撼，他知道自己有個舅舅，因為娘親在家中常說，怕爺爺一人在家會孤單，如果舅舅在就好了，還會經常帶著他去拜佛祈求舅舅能夠平安回家，沒想到舅舅居然也在這裡。

晏修遠此時還在觀察他的表情，完全沒有注意到家人全都走遠了。待他回過神見到他們遠去的身影，在心裡暗罵一句，這些臭小子，走了都不喊我。

「賢姪，我們也走吧，他們都走遠了。」

程天磊還沈浸在自己的世界，被晏修遠一叫喚才反應過來，他抬頭看去，只見眾人的背影就快要消失不見，才連忙跟著晏修遠追了上去。

程稚清回到家中就享受到眾星捧月的關照，白舒雲、明慕青、傅新雅等人都圍在她身邊，關切地問她有沒有受傷。

程萬在晏瀚海回來時，就打聽過程稚清有沒有受傷，雖然已經知道人安然無恙，但他心裡還是不太放心，所以在程稚清回來時，繞著她轉了一圈。

程稚清見程萬似乎還想轉第二圈，便伸出手把他截停在原地。「爺爺、舅娘、晏奶奶、明姨，我沒受傷，你們就放心吧。」

程稚清見大家似乎有些不相信，她再三保證沒有受傷，他們才放過她。

傅新雅真的做到把程稚清當作親閨女來照顧，當程稚清回來時，第一時間上前看她有沒有受傷，完全把程書榆忘在腦後。

當程書榆用幽怨的目光看著她時，傅新雅還有些不明所以，直到程書榆故意露出受傷的手臂給她看，傅新雅才明白是怎麼回事。

傅新雅沒忍住笑出聲，程書榆感覺自己簡直受到暴擊。「當初我受傷的時候，妳可不是現在這態度，妳說妳是不是不在乎我了？」

「你這個當舅舅的還和外甥女吃醋像什麼樣子。」

程書榆理直氣壯地說：「怎麼了，我就吃醋。」他看著閨女和兒子都圍在程稚清身邊，語氣酸溜溜的。「妳看看妳兒子和閨女，沒有一個人在意他們的爹，只在意他們的姊姊。」

程萬原想關心一下兒子，沒想到聽到這麼肉麻的話，起了一身雞皮疙瘩，他抖了抖身子，離程書榆遠了些，一抬頭就看見晏修遠從門口進來。「修遠，回來了啊，怎麼這麼晚才回來？」

晏修遠尷尬一笑，沒好意思說他們都沒有喊自己。「留下處理一點事，呵呵。」

程萬點了點頭，當他看到晏修遠身後跟著的人，仔細打量了幾眼，頓時勃然大怒。「程書榆，你給老子滾過來！」

大家瞬間安靜下來，程書榆也不明白怎麼回事，走到程萬身邊。「爹，怎麼了？」

「怎麼了？你還有臉問怎麼了，你看看怎麼了，他是不是你在外面的私生子？人家現在都找上門了。」程萬指著程天磊怒罵道。

程書榆順著程萬指的方向看過去，如果不是他知道自己絕對沒有什麼私生子，八成也會覺得這人是自己兒子。

不過也不怪程萬罵他，都說外甥肖舅，程天磊和程稚清兩兄妹確實長得很像程書榆。程天磊這些年從軍，風吹日曬皮膚黑，但是五官還是和程書榆極其相像。

眾人都被震住了，就連知道內情的幾人也沒有反應過來。

程書榆剛想要解釋，但是真的不知道如何開口，這張臉簡直就是鐵證如山。

程稚清看著程天磊，不自覺地脫口而出。「哥？」

可能是因為血緣關係吧，程天磊站在那裡，就讓程稚清覺得很親切。

程天磊聽見這一聲「哥」，馬上紅了眼眶，手足無措地站在哪裡，他沒有想過妹妹居然還認得他，她居然沒有責怪自己。

程天磊想說點什麼，張口又閉上反覆好幾次，才終於找回自己的聲音。「妹妹。」他對於程萬還有點印象，妹妹出生時，爺爺曾經從江城專門來看，他又喚了聲。「爺爺。」

程萬此時有點尷尬。「咳咳，是天磊啊！都說外甥肖舅，你真是太像你舅舅了。」說著他把程天磊帶到傅新雅面前。「來來來，這是你舅娘，這是你表妹今瑤，這是表弟安和。」

程天磊努力笑了笑，用自己最溫和的態度面對家人。「舅舅，舅娘，表弟，表妹。」

傅新雅原本也嚇了一跳，看著與丈夫十分相像的外甥，對他溫和地笑了笑，點了點頭。

介紹他們認識後，程萬拉著程天磊。「走走走，我們回家說。」他朝著晏瀚海喊了一聲。「晏老哥，我們先回去了。」

不等晏瀚海回答，程萬就先拉著程天磊溜了。

程書榆和傅新雅相視一笑，交代了傅今瑤幾句後，帶著程稚清先回去了。

程稚清他們進屋時，剛好聽見程天磊問程萬。「爺爺，您怎麼也在這裡？您不是應該在江城嗎？」

程萬嘆了一口氣。「讓稚清同你說吧。」

程稚清將當初她選擇跟著晏家流放，後來去到江城找到爺爺，再與舅舅相認的事情，告訴程天磊。

她回到房中，拿出她娘的信遞給程天磊，程天磊看完信，一拳頭砸在桌子上。

程稚清見此又默默拿出斷絕關係的文書給程天磊。「哥哥，我當初離開京城的時候和程明知斷絕關係了，包括你也是，你不要怪我擅自做主，他根本不配為人父。」

程天磊接過文書，快速掃過後，滿是愧疚地看著程稚清。「妹妹妳做得對，這種人根本不配當我們爹。哥哥回京找妳時，妳已經不在京城，那混蛋根本沒有說我們已經斷絕關係了，反而話裡話外處處說妳的不是。都是哥哥這麼多年做得不夠好，甚至都沒發現他害了我們娘，哥哥還把妳一個人拋在府中，讓妳獨自面對他們……」他說著話，不禁哽咽。

程稚清也不知道該如何安慰他，只好拍了拍他的肩膀。「哥哥，我從來都沒有怪你。你別自責了，當初你也是為了我才離開家，你別難過。我現在過得很好，找到爺爺和舅舅，還有了舅娘、表弟、表妹。」

程萬和程書榆也上前安慰，程天磊在眾人的安撫中逐漸平復情緒。

程稚清看他冷靜下來，本想問他這些年過得好不好，但是一看他的樣子，能夠被稱為副將軍的人，哪個不是將生死棄之於腦後，於是話到嘴邊，又變成另一個話題。「哥，京城的房子被我賣了，你是怎麼找到程明知的？」

程天磊見她十分感興趣，便詳細說了。「我剛到京城時就直接回家，但是那裡的人說宅子已經賣出去了。沒辦法，我只好在上下朝的必經之路等程明知，他見到我也很驚訝。」說到這裡，程天磊冷笑一聲。「他也許沒有想過我還能活著回來吧。」

程稚清瞪大眼睛，眼中似乎期待後續。

程天磊朝著她微微一笑。「程明知原先沒有認出我，我上前時，他還疑惑我是誰，直到我喊了他，他才認出我，將我帶回家中。現在想來也許是見我穿著不凡才願意帶我回家，不然應該早就將我打發走了。」

程稚清冷哼。「他恨不得我們都不存在，我們就是他人生中的污點。哥，然後呢？他們現在住的房子是不是狹窄又擁擠？」

京城的房子哪個不是要有錢、有人脈才能買得起，就程明知的家底，哪裡像是出得起錢的樣子，更何況他還有一個小家子氣的媳婦。

程天磊點點頭。「是很小，離皇宮也挺遠的，那個繼母見到我的時候，恨不得把我給吃了，那些弟妹見到我，也一個個不把我當回事。我當晚就要離開，程明知還裝作一副慈父的樣子，說家中太小怕是委屈了我，其實巴不得我別留在家中。幸好妳沒有留在京城，不然他們現在怕是不會給妳好日子過。」

程稚清覺得有些不對勁，想了想。「哥，京城的房子是我賣掉的。」

程天磊聽到此話，瞪大了眼睛。「妳賣的？」

程稚清無辜地瞪大眼睛看著程天磊。「是啊，我找到娘留的地契，加上我又不留在京城，憑什麼讓他們舒坦地住著娘花錢買的宅子？」

程天磊想想也是，難怪繼母的眼神中透著惡毒，原來她也猜到讓他們搬家的元凶是誰了。

「賣得好！就該如此，他們不配住娘買的房子。」

程稚清見程天磊跟她立場一致，開心得笑瞇了眼睛。

程天磊見她這麼開心又有點愧疚，他說話聲音低沈，能夠明顯從中聽出低落的情緒。「哥哥沒用，這一趟回去都沒能夠祭拜娘。」

程稚清見到程天磊這副模樣，就知道肯定是程明知說了些什麼，翻了一個白眼。「哥，你就算在京城也沒辦法祭拜娘，娘的牌位早就被我帶出來了。你在京城時向程明知提出要祭拜娘的時候，他肯定剛想起來，搬家時根本沒把娘的牌位一起帶走，才隨便找了個藉口搪塞你。」

程萬和程書榆自從得知程稚清將牌位帶出來後，早就在新家專門設了間佛堂，將程書楠的牌位請進去，他們現在每天都會跟她說說話。

程天磊現在細細回想，程明知的表情根本就是心虛加上強裝鎮定，他那時怎麼就沒有看出來呢！

「妹妹，妳可比哥哥強多了。」

程稚清不好意思的笑了笑。「哪有，還是哥哥比較厲害。」

程萬在一旁看著兩兄妹客氣來、客氣去，開口道：「好了、好了，都厲害。天磊能夠留多久？」

提起這個話題，程天磊心虛地看了一眼程稚清。「晚上就要出發回軍營了。」剛見到妹妹沒想到又要匆匆離去，他實在是太對不起妹妹了。

「沒事，哥，你是去保家衛國，我能理解。」程稚清站起身子。「現在天色也不早了，你先去看看娘，我準備一些東西給你帶回軍營。」

程天磊原想叫妹妹不用麻煩了，但是又很開心程稚清為他準備東西。這麼多年他只看到戰友收到家人的東西，他很羨慕，不過現在他也有了。

程天磊去祭拜母親，跟她說了一會兒話。

他跪下看著程書楠的牌位。「娘，兒子不孝，自小丟下妹妹，連妹妹成婚，我這個做哥哥的都沒能夠趕回去。外公和舅舅也是妹妹找到的，我本想等賺夠銀子，就帶著妹妹離開程家，沒想到妹妹是在那種情況下離開的。現在我找到妹妹了，一定會加倍對妹妹好，保護她。娘，您放心。」

說完，他重重磕了一個頭。

從佛堂出來後，程天磊就被眾人帶去晏家吃了一頓飯。

吃完飯後，晏承平趁著眾人都不注意的時候，悄悄拉著程稚清去角落，他拉著程稚清的手，叮囑她。「妳在家中別亂跑，便應該不會再遇到大月人了。如果遇到敵人，千萬不能硬碰硬，不要覺得自己力氣大就天下無敵了，知道嗎？」

程稚清雖然有些不耐煩，但看著晏承平的臉還是忍住了，她點了點頭，示意自己知道了。

晏承平不放心地接著說：「爹這回不會跟著走，我特意叮囑他要看著妳，妳如果有什麼不恰當的舉動，我就讓他告訴程爺爺，讓程爺爺管著妳。」

程稚清頓時不可置信地瞪大眼睛，眼裡有些不滿。

程萬平時可心疼程稚清了，殺隻雞都不會讓她動手，更何況讓她幹一些危險的事。

程稚清甩開晏承平的手，小嘴噘著，明顯有些不開心。「你趕緊走吧，我現在可煩你了，快走，快走。」

晏承平輕輕拉過程稚清的手，手慢慢撫上她的臉頰。「我不在家裡，妳不要讓我擔心。等這次事情結束，晏家大概就可以回京了，等回京以後，我們成婚好嗎？」

程稚清看著晏承平眼中的認真與溫柔，還沒來得及說話，晏承平就被身後的程天磊給一把拉出去了。

「成什麼婚，我妹妹還小，至少再等兩年吧！」

晏承平不敢對大舅子說什麼，只好用幽怨的目光看著程稚清，程稚清見此故意聳了聳肩，示意自己也沒辦法，還故意瞪了一眼晏承平。

程天磊實在不想看到他們兩個眉目傳情，直接拉著晏承平出發。

離開的時候，程稚清塞了許多藥給程天磊，程天磊緊抱著妹妹給的藥一刻也不肯鬆手。

這次晏修遠留了下來，反而讓晏修同和晏承淵跟著晏承平一起去。

因為知道晏承平和自家妹妹的關係，一路上程天磊看著他，不是這裡不順眼，就是那裡不順眼。

直到終於抵達軍營，程天磊才結束對晏承平的差別對待。

第二十七章

稍早，胡將軍帶人去捉拿幽州知府，士兵將官府包圍得嚴嚴實實。見知府還在床上睡覺，胡大刀氣得直接把他從床上拽下來。

百姓生死不知，他居然還睡得著？

知府被拖下來時還強裝鎮定，一臉不爽地質疑胡大刀憑什麼帶兵闖入他府中。

胡大刀沒有與他多廢話，只是讓人把他捆起來，開始全府搜查。

知府將這些信件藏得很深，認為這些東西不會被找出來，然而，當通敵叛國的信件擺到面前的那一刻，他整個人都癱軟在地上。

胡大刀命人將知府押回軍營審問後，此刻正在和魏靖之一起看著這些通敵賣國的信件。

此時有人通報程天磊和晏承平求見。

胡大刀見他們進入營帳，直接往後一靠，指著桌上的信件說：「你們自己看看吧。」他氣憤地說：「他們這些畜生，居然這麼早就已經開始合謀了。」

晏承平細看信中的內容，臉上滿是嘲諷，原來早在三年前，阮弘方就已經和幽州知府搭上關係了。「看來我這個好大伯早就開始籌謀了，不知何時搭上二皇子的關係，居然還聯合幽州知府。真是為了皇位，不擇手段。」

胡大刀是一個武將，對這些勾心鬥角的事情完全不擅長。「現在怎麼辦？我們上書給皇上，讓皇上發落？」

魏靖之看著桌上的信件，緩緩開口。「只怕你這密件還沒到皇宮就被截攔了。」

胡大刀想起一個月前的信件，只怕就是這種情況，他虎目一瞪。「那我們現在怎麼辦？總不能不管不顧吧。」

「等。」魏靖之用手指敲了敲桌面。「你寫奏摺讓人送給皇上，順便再悄悄派人馬去看看京城現在形勢如何，最差的結果就是被二皇子的人誣衊已經和大月國的人聯手。軍營現在糧草應該很緊張吧？他們知道有這麼一天就開始不給幽州送糧了，因為他怕大月不守諾言，如果幽州被攻陷，他們還需要辛苦抵擋，所以保留著糧草，就是為了讓你們和大月對抗。

「知府處應該沒有糧食了，大月的人才會來搶百姓的糧食，為的就是打起來的那一天能夠保證糧草充足，而知府在其中給他們開了通行路，不然大月的人不會神不知、鬼不覺地進入幽州。」魏靖之分析著當下的情況。「首先就是守好城門，絕不能再讓大月的人進入幽州，還要安排人去安撫百姓。」

四天後，京城。

「殿下，幽州知府已經被胡大刀給抓住了，我們和大月合作的事想必他已經知道了，現在我們怎麼辦？」阮弘方神色緊張地看著坐在首位的男人。

男子臉上沒有絲毫害怕的表情，拿起桌子上的茶杯淺抿一口，眼神盯著茶杯打量了幾眼，才緩緩開口道：「知道了就知道了，慌什麼？沒出息的東西。現在父皇臥病在床，而我的好大哥又已經死了，監國的只有我這個二皇子。我說胡大刀通敵叛國，誰又能說不是？反正大月只要幽州，況且幽州土地貧瘠、氣候惡劣，於大魏來說一點用處都沒有，不妨就讓給大月，等我登上大位後，等著我的就是與大月停戰百年的協議，何樂而不為？這樣我們還能夠不費一兵一卒就讓胡大刀死在幽州。」

阮弘方想起上次調查到的結果，他知道晏家在幽州活得很好，一個都沒有死，也不知道是誰幫了他們，居然讓他們連挖礦都躲過了。他們不死，他就徹夜難眠，這次如果能讓他們一同死在幽州，那是再好不過了。

阮弘方的眼神逐漸凶狠，嘴上卻還說著奉承的話。「殿下英明……」

二皇子魏燃之不耐煩聽他說這些沒有用的話，擺擺手示意他可以閉嘴。「行了，這個消息先壓下去，你去與大月說，讓他們可以進攻了。等到他們占領幽州之後，再將胡大刀通敵叛國的消息放出來。我進宮去看看父皇，接下來該怎麼做，你應該知道吧！」

阮弘方臉上露出了然的表情，不就是偽造證據嘛，這個他明白。

「殿下放心，保證天衣無縫。」

魏燃之看了他一眼，淡淡說道：「下去吧。」

胡大刀派出的人馬在京城等了幾天仍然是一片風平浪靜，沒有等到一絲消息，便啟程回了幽州。

幾天後，一人上前稟報。

「將軍，我們的人回來了。」

「讓他進來。」胡大刀示意道。

男子進入營帳，單膝跪地，雙手抱拳。「將軍。」

「京城情況現在怎麼樣了？」胡大刀看著地上的人詢問道。

「奏摺呈上去後沒有一點動靜，京城也沒有一絲消息說幽州知府已經叛國了。我在京城待了幾天，仍然沒有聽見關於幽州的消息。」

胡大刀不禁看著京城的方向喃喃道：「果然是被攔截了。」

魏靖之聽著皺了皺眉。「京城有什麼大事發生嗎？」

那人想了想，說道：「聽說皇上病了有一段時間，這些時日都是二皇子監國。」

胡大刀聽到這個消息，震撼地抬起頭看著魏靖之。「殿下，這……」

魏靖之點了點頭，對還跪在地上的人說：「你先下去吧。」

男人有點為難地抬頭看了一眼胡大刀，只見胡大刀也擺擺手，他才行禮離開了。

「皇上病了，幽州怎麼一點消息都沒有？」胡大刀震驚道。

魏靖之有點嫌棄地看了他一眼，果然是大老粗只會打仗。「你連大月的人進幽州都不知情了，皇帝遠在京城病了，你不知情也不奇怪。」

胡大刀並沒有聽懂他這陰陽怪氣的話語，反而贊同地點點頭。

晏承平扶額，解釋道：「皇上是個很重權的人，他如果不是病到已經起不來，就不可能讓二皇子代為監國，我們的消息也不可能一點都不被京城的人知曉，只有二皇子的人占據朝中，才有可能截下幽州的消息。」

胡大刀這才恍然大悟。

魏靖之贊同地點點頭。「現在幽州應當是被老二的人給控制住了，消息傳不到軍營，但他們也不敢太過放肆，將你扣押在幽州，不放你出城。但是你如果敢強闖京城，等著你的就是通敵叛國的證據擺在你面前。」

胡大刀嚇得站起來。「可是我什麼也沒有做啊。」

晏承平面色一冷。「晏家也什麼都沒有做，還不是被流放到幽州了？」

胡大刀想了想覺得有點道理，他又坐下來滿臉的愁容。

魏靖之沈思了片刻。「老二應該和大月達成了某種協議，是什麼呢？」他手指敲在桌面發出聲響。

「大月雖牛馬多，但是需要經常遷移，沒有固定的住所。」說到這裡，晏承平眼睛一亮，他抬頭看向魏靖之。

恰巧魏靖之也看向他，兩人不約而同說出一個字。「城！」

想通這一點，魏靖之一掌拍在桌面上。「蠢貨！」

胡大刀不知想到了什麼。「你們是說，二皇子把幽州給了大月？」

晏承平面色難看，一言不發地點了點頭。

胡大刀瞬間怒氣上頭，眼睛氣得通紅，他抽出身上的佩刀，恨不得衝到京城把他們這些和大月合作的人給砍了。「他奶奶的，老子拚死拚活守著幽州，他一句話就把這裡給賣了。」

晏承平冷冷道：「現在說這些已經沒用了，我們知曉他們和大月的事了，如果不出所料，大月很快就要發起進攻了，我們現在應該想的是要怎麼守住幽州。」

胡大刀著急地站了起來，在營帳中來回走著。「軍營的糧草已經不充足，但是京城那邊根本不可能給我們糧草和軍餉，我雖然還有一點錢，可是這點錢根本不夠支撐整個軍營。」

「我傳信回去讓太子妃給我送點銀子，不過可能也不多。」魏靖之想了想說道。

二人說完，紛紛看著晏承平，晏承平注意到他們的目光，無奈道：「都看著我幹麼，我們晏家當初是身無分文被趕出京城，你難道還指望我們手中會有銀子嗎？」

胡大刀想了想也是，就沒有繼續看著他。

「這幾天得限制幽州的人進出，不能讓他們繼續傳消息出去，不然就算我們買了糧草，也會被京城的人知道。」魏靖之下令道。

胡大刀沈聲應了一句。

晏承平看著胡大刀說道：「我回家幾天，跟我爹和爺爺說這件事，弟弟和我小叔就不回去了，麻煩將軍幫我多多照看。」

胡大刀爽快地點頭，說不定晏老頭子會有辦法。「去吧，早點回來。」

晏承平騎上馬準備出軍營，就碰到正在巡邏的程天磊。

程天磊知道他要回大山村，他下令讓人接著巡邏，自己把晏承平給攔住了。「你要回去？」

「是。」

程天磊皺了皺眉頭。「那你等等我。」他轉身走進營帳中，又快步走了出來。「走吧，我跟你一起回去。」

晏承平挑了挑眉，程天磊見他沒有動作，皺著眉。「將軍已經同意了，走吧。」

其實他出去也不算是為了私事，將軍怕之前的事情還會發生，讓他出去巡邏看看百姓現在怎麼樣了，軍營裡有沒有故意知情不報的人，順便逮捕在外的奸細。

二人一路快馬加鞭，終於趕在天黑之前到達大山村。

程稚清正要去隔壁送點東西，恰好看見他們站在門口，她驚訝道：「哥？你們怎麼回來了？」

晏承平看見程稚清，臉色瞬間柔和下來。「我回來跟爺爺說點事情。」

程天磊看見妹妹對這小子這麼和顏悅色，心中不滿，但終究沒有多說什麼。「將軍派我出來有點事情，我就跟他一起回來看看你們。」

程稚清點點頭。「走吧，爺爺在跟晏爺爺下棋呢，你進去剛好可以跟爺爺打個招呼。」

三人一同走進晏家。

晏家人見到兩人也都有些吃驚，他們以為這次要許久不能見到晏承平，沒想到才過了幾天，他又回來了。

晏瀚海見到晏承平就知曉他有事要說，立即跟程萬說了一聲後，和晏承平進了房間。

晏承平將事情告訴晏瀚海，晏瀚海一聽到這件事阮弘方也有插手後，氣到眼睛都發紅了，他咬牙切齒道：「我當初就不應該留下他，也不知道他爹這麼一個英勇無畏的人，怎麼會生出他這種奸詐小人！通敵叛國的事情，他都能夠做得出來。當初就該早點讓他跟他爹娘去做伴，省得多這麼一個禍害。」
晏承平知道晏瀚海雖然嘴上這麼說，但是心裡應該也痛恨自己當初帶阮弘方回府卻沒有好好教導他，才讓他成為這樣的人。
「爺爺，現在說這些已經沒用了，如果軍營沒有糧草和藥材，我們根本撐不住，敗戰是遲早的事情，所以要不要送你們先去別的地方避一避？胡將軍應該可以幫我們解決戶籍和路引之事。」晏承平根本不覺得在什麼都沒有的情況下還能夠打贏這場戰，況且經歷了這麼多事情，他現在心裡的那點責任都消失了，他只希望自己的家人能夠平安活下去。
晏瀚海表情嚴肅，搖搖頭。「我當了一輩子的兵，怎麼能在這個時候當逃兵，我雖然老了，但是還能動。」他說著頓了頓，嘆了一口氣。「把你娘他們送出去吧。」
兩人最終決定，吃完飯後將這個消息告訴大家，讓他們自己做決定，他沒有權力干預他們的決定。
飯後，因為晏瀚海說有事要和大家商量，所有人都聚集在廳堂中，包括程稚清一家都過來了。
晏承平和程天磊突然回來一定是帶回不好的消息，眾人臉上都帶著顯而易見的擔憂，不約而同看著晏瀚海。
晏瀚海察覺到眾人的目光，緩緩開口。「今天找你們來，是因為大月和幽州馬上就要打仗了，而幽州的形勢並不樂觀，沒有糧草和軍餉，甚至可能沒有援兵。一旦幽州開戰，這裡會是最危險的地方，所以承平想先把你們送出去，你們覺得呢？」

白舒雲第一個察覺到他話中有話。「什麼叫你們？那你呢，你不走嗎？」

晏瀚海見白舒雲一下就抓住他話語中的問題，頓時有些心虛，根本不敢看著白舒雲的眼睛。「我這不是打過幾年仗，留下來也能幫一點忙……」

白舒雲知道他不會走以後，開口道：「你不走我也不走，要死，我也要跟你一起死在幽州。」

晏瀚海看著白舒雲，勸阻的話語就在嘴邊，但是說不出口。

緊接著明慕青也說：「爹娘都不走，那我們就更不可能走了。修遠也打過幾年仗，也能幫著爹一起。」

「是啊，爹，您留在幽州，哪裡有兒子扔下您走的道理。」

「爹，我們一家這麼艱難地走到幽州了，不管多苦，我們一家人都要在一起。」鍾思潔開了口。

「我媳婦說得對，要走大家一起走，要留大家一起留，我們一家人就算死，也要死在一起。」晏修景抱著晏承柏說道。

晏瀚海看著家人有些淚目，他嘆了一口氣，看向程萬。「程老弟，那就把你們送出去吧？」

程天磊擔憂地看著家人，他也希望他們能夠去安全的地方，如果真的打起來了，那麼幽州真的就是最危險的地方，到時候他肯定沒辦法顧及到這邊。

程稚清不清楚打仗到底要花多少銀子，弱弱問了一句。「我有二十萬兩銀子和八根金條，其中有一半是我哥哥的，我個人可以拿出十萬兩銀子，若把這些銀子都給軍營，夠用多久啊？」

程天磊聽到這筆銀子還有他的一份，馬上反駁道：「這個錢我不能要，這麼多年我不在家，妹妹自己一個人在那個吃人的家活下來，沒有道理還要分我一份銀子。既然妹妹要捐給軍營，那就都捐出去吧。」

晏瀚海根本沒想到程稚清手裡有這麼多銀子。

當初程稚清說她賣房子賣了八萬兩，他以為她手中最多只有十萬兩，如今她說出二十萬兩，真的嚇了他一跳。

程萬反應過來了。「我也有十箱金條可以捐出來購買軍需。」他抱歉地看著傅新雅。「兒媳，這個銀子我早就說好給稚清了，但是稚清堅持不要，現在遇上這等大事，爹就全捐給軍營，希望妳不要介意。」

傅新雅搖搖頭。「爹，我不在意銀子，人還在就能夠賺銀子，人沒了就什麼也沒有了。」

晏瀚海吃驚道：「程老弟，你不走嗎？」

「走什麼走，京城有我那白眼狼女婿，江城有我那仇人，我們要走去哪裡？再說，真的打起來了，我這孫女一身醫術肯定要去軍營裡幫忙，她怎麼可能跟著我們走，她不走，我就哪裡也不去。」

程稚清嘿嘿一笑，爺爺真是夠了解她的。

傅新雅也說道：「大家都留在幽州，就沒有我們一家獨走的道理，我們也留下。」

晏瀚海聽到他們都不走，有些開心又有些難過，他認真地對程稚清說：「幽州大概有五萬士兵，如果真的打起來，每個月消耗的銀子可能就要七萬，再加上我們不能大規模購糧，怕會引起上面的注意。二十萬兩大概只能夠支撐軍隊三個月。」

「那我們不可以做生意賺銀子嗎？」程稚清說道。

晏瀚海驚訝地看著程稚清。「做什麼生意能夠短時間內大規模地掙銀子？做生意也需要一定的時間慢慢發展才行。」

程稚清想了想，用不確定的口吻說：「賣冰如何？」她越想越覺得可行。「現在天氣越來越熱，只有大戶人家才用得起冰塊，而且他們也是用得小心翼翼，如果我們去賣冰一定能夠大賺一筆。」

眾人看著程稚清都覺得有些不可思議，他們去哪裡拿冰呢？只有冬天才能夠存下冰，現在根本不可能有冰，更可況賣呢？

晏瀚海不好意思打擊程稚清，只好委婉地說：「稚清啊，冰是冬天存下來的，我們冬天沒有存冰，況且就算我們存了冰塊，也不夠我們賣啊。」

程萬一臉擔憂地看著程稚清，生怕自己孫女被刺激過頭，開始說胡話了。

程稚清沒有把他的話放在心上，她能夠理解古人不會製冰，但是這怎麼會難倒她這個穿越人士呢？

「你們等等。」程稚清衝出去，拿了兩個一大一小的木盆，先將小的木盆放在大的木盆中，再將這兩個木盆都裝上水，拿到廳堂中。

眾人看著她忙裡忙外有些不解，但還是靜靜看著，沒有出聲打擾。

程稚清將手伸進衣袖中，從空間拿出硝石，這硝石還是她在雲山上看到帶回來的。

眾人只見程稚清將一塊石頭放進大盆的水中，有些不解，直到小盆中漸漸開始結冰。

兩個老人不可置信地湊到木盆前，還將手放進盆中，他們紛紛睜大雙眼看著程稚清。

「真的是冰的，居然真的結冰了！」

其餘人又吃驚、又好奇地也想上前看看，但是兩個老爺子擠在最前面，他們只能遠遠地看著木盆中的冰塊。

程稚清見大家都很好奇，開口解釋道：「這是硝石，那天我在雲山上看到便帶回來，本想著等天熱了給你們一個驚喜，沒想到今天就用上了。晏爺爺，現在我們賣冰塊可行？」

晏瀚海感覺自己有點恍惚，但還是點點頭。「可以，可以。但是我們誰去賣？」

程稚清和程萬紛紛轉頭看向程書榆。

程萬用略帶驕傲的語氣說道：「我雖不是靠賣冰發家，但也是做生意起家的，我這兒子從小耳濡目染生意經，他很懂得經商之道。如果當初不是我中了李家人的圈套，現在我們在江城應該是更上層樓了。我這一把年紀，來回奔波也吃不消，加上李家人都認得我這張臉，他就不一樣了，失蹤了十幾年，現在誰還記得他是誰？」

程稚清在一旁瘋狂附和點頭。

程書榆見此忍不住失笑，沒想到他爹這麼快就把他賣出去了，不過也好，他早就想出去報仇，只不過因為擔心家裡加上不知道賣什麼東西，現在有一個現成冰塊能夠快速打響名聲，何樂而不為？

程書榆看著大家認真道：「我可以。只要大家相信我，那我就行。」

「行，讓修遠和你一起去，製冰怕是會引起許多人眼紅，他一身武藝剛好可以保護你。」

程稚清突然又想到了什麼，她又伸進袖子從空間中拿出萬通錢莊的令牌。「這個是萬通錢莊的令牌，他們說可以答應我一個要求，我們拿這個讓他們幫我們買糧草可以嗎？」

程稚清沒有拿出空間中的糧食，就她那一點點東西根本不夠大軍吃一天，還不如直接花錢去買。

看到這個令牌，晏瀚海和程書榆不禁瞪大眼睛。

程書榆從程稚清手中小心翼翼地拿過令牌細細打量，心中感慨他這個外甥女真是給大家帶來太多的驚喜了。

「可以的，雖然我沒有和他們合作過，但是也知道他們說話從來都是一言九鼎，絕對不會反悔。」

程稚清隨意點了頭，囑咐一句。「那這個令牌就放在舅舅那兒了，到時候您和晏叔一起去溝通吧，去那裡報上您和我娘的關係就好了。」

晏瀚海欣慰地看著程稚清。「小清啊，謝謝妳。」

大家想破腦袋的事情，在程稚清口中居然輕而易舉就解決了，她還願意出錢出力，要知道光是有這個令牌，就可以讓她一輩子生活無憂，她居然拿出來幫助軍營。

程稚清笑了。「都是為了我們大家嘛，如果戰敗了，那我們的家也就沒有了。」

晏瀚海忍不住點了點頭，他也不是那麼無私，自從經歷過那麼多事情後，他的心態有了一點改變，他幫幽州最主要的還是為了幫自己。

如果幽州城破了，那麼大月的人可能直接打到京城，那時候國都沒有了，更何況是家呢？

京城那些掌權者都是沒腦子的東西，居然和大月的人談合作，也不想想自己到底能不能掌握住大月的人，真是一群蠢貨！

商量完後，大家都回房休息了。

月亮掛在天幕，四周點綴著些許繁星，清冷的月光灑在院子中，給院子增添一絲光亮。

晏承平和程稚清在院子中說話，他沒頭沒腦地問出一句。「心疼嗎？」

程稚清一愣，歪著腦袋看著他，眼神中盡是疑惑。「心疼什麼？」

晏承平見她這懵懂的模樣不禁失笑，揉了揉她的腦袋。「銀子。心疼嗎？」

程稚清並沒有把錢當回事，畢竟她可是穿越人士，要是想賺錢，多得是法子。如果她一開始就做生意，可能現在手中的錢會更多。

「這有什麼好心疼的，不就一點銀子嗎？我如果想要賺錢，銀子是手到擒來，多得是賺錢的法子，何必在意手中的一點小錢，更何況這點小錢能夠幫助我們所有人，沒什麼好心疼的。」

晏承平溫柔地看著眼前的女子，她善良，灑脫，有能力，這樣不凡的女子居然是他的，他內心的欣喜簡直不能用言語來形容。

程稚清看了一會兒月亮，覺得眼睛有些酸澀，她打了一個哈欠揉了揉眼睛，一副極睏的模樣。

晏承平見此溫柔道：「睏了，回去睡吧。」

程稚清點點頭，二人朝著隔壁走去，到了門口，程稚清囑咐了晏承平一句。「你也早點睡。」說完，便推門進去了。

程府的人並沒有全都入睡，其中一間房間傳來說話的聲音，程書榆夫婦二人躺在床上說著話。

「新雅，對不起，沒有和妳商量就答應了父親。」程書榆的聲音中帶著一絲愧疚。

傅新雅沈默片刻，好一會兒她溫柔的聲音才響起。「沒有什麼對不起，我知道自從你恢復記憶後就一直心心念念著回江城報仇，現在正好有這個機會。」她停頓了一下接著道：「你放心，我會照顧好家裡，你在外面就安心做事。」

程書榆看著這麼善解人意的妻子，握著傅新雅的手又緊了幾分。「待事情都處理完，沒有危險了，我就來接妳和孩子們去江城。我們把岳父的墓遷到京城，和岳母葬在一起。」

傅新雅沒有想到丈夫居然還會記得她父親的遺願，父親死前都在思念她娘，她娘孤零零一人葬在京城，他多麼想回去看看她，沒想到丈夫都記住了。

她覺得自己眼眶有些濕潤，哽咽道：「好。」
傅新雅緩和了情緒，催促他道：「快睡吧，明日還有事，早點休息吧。」

第二十八章

第二天一早，程天磊就去府城探查奸細了。

晏承平本想和家人待幾天，誰知這麼棘手的一件事情居然這麼快就解決了，他沒敢耽擱，立即決定和晏修遠、程書榆啟程前往軍營，商量接下來的事情。

三人到達軍營，直接進入胡大刀的營帳，胡大刀不明白晏承平怎這麼快就回來了，還帶回一個完全不認識的人。

三人說明來意，並拿出銀票。

程稚清一早就將銀票交給程書榆，他們商量後決定那十箱存放在萬通錢莊的金子就先不捐給軍隊，用這筆錢作為程書榆的開業資金。

胡大刀看著手中的二十萬兩銀票大喜過望，沒想到才過一天就有這麼多銀子，有了這筆銀子，他們至少能夠支撐三個月，還能讓軍隊換一批武器，有了這批武器，說不定能在三個月之內將大月擊退。

胡大刀激動地站起身子給程書榆行了一禮。「多謝先生。先生的大恩大德，我胡大刀沒齒難忘。」

程書榆連忙避開這一禮。「胡將軍不必如此客氣，這筆銀子不是我拿出來的，是我外甥女個人資助軍營的。」

胡大刀疑惑道：「您外甥女？」

程書榆笑著解釋道：「承平的未婚妻，也是程副將的親妹妹。她心中想著幽州百姓，囑託我一定要將銀票送來軍營，製冰的主意也是她想出來的。」

魏靖之在一旁聽著，心中感慨萬分，竟是如此絕妙的女子，難怪能將晏承平這個桀驁不馴的人拿下。

「沒想到程副將是您的外甥。」胡大刀先是感慨了一句，又說道：「大善，大善啊，承平真是好福氣，程副將也好福氣有一個這麼好的妹妹。」

胡大刀想了想，命人將軍中剩餘的銀票取來，託付給程書榆。「先生大善，購買軍需之事就託付給先生了。」

如今程書榆有手段、有錢還有人脈，採買一事託付給他是最好的方法。

程書榆也沒有推辭，接過銀子。「承蒙將軍信任，在下一定不負所望。」

胡大刀撥了二十人給晏修遠，幫助他們行事。

程書榆沒有在軍營多待，談妥後立刻帶人回到大山村，他們分秒必爭地帶著人上雲山。

程稚清引領著他們來到自己最先發現硝石的地方，確定這是一片硝石礦後，開始收集硝石。

在雲山上收集了兩天後，程書榆和晏修遠帶著十五人和硝石先出發去江城。

程書榆到達江城的第一日，就拿著令牌去萬通錢莊。

小二見他拿著令牌，馬上帶他進去包廂並端上茶水後，讓他稍等片刻，他去請示掌櫃。

程書榆等了片刻，見一名中年男子進來。「我親戚幾個月前來過萬通錢莊，說這令牌是因為我妹妹程書楠救了錢莊東家的命得到的，只要拿著這令牌來錢莊，你們可以答應我們一個要求，是嗎？」

這句話透露出令牌主人的名字，令牌的來由及錢莊答應要辦的事。

「客人可否將令牌拿給在下辨別真假？」掌櫃說道。

程書榆沒有猶豫，將令牌遞給眼前的男子，掌櫃端著令牌細細打量，確定是真的之後，將令牌交還他。

「客人如今是想好要求了？」掌櫃微微彎腰。

程書榆淡淡道：「我要你們萬通錢莊一年內幫我購買軍需運往幽州，銀子我出，不知可否？」

掌櫃聽到此話，道：「此事重大，不是我一人可以做主，小人需要詢問一下東家，客人您稍坐片刻。」

程書榆點點頭，端起桌上的茶喝了一口。

掌櫃腳步有些急促，他走到一扇門前，敲了敲門，直到裡面喊了進，才敢進去。

掌櫃彎著腰，聲音恭敬。「東家，拿著令牌的人又來了，他要求我們錢莊在一年之內幫他購買軍需運往幽州。」

靠坐在椅子上的男人面色平淡。「你說運往哪裡？」

掌櫃肯定地回覆道：「幽州。」

男人面上看不出什麼，眼神諱莫如深，他人雖在江城，對於京城的動靜也略有耳聞，一幫醜人多作怪罷了。

「答應了吧。」他堂堂萬通錢莊的東家，買點東西運個糧罷了，這點小事還是能做到。

掌櫃恭敬地行了一禮。「是。」他回到程書榆的包廂中。「東家已經答應了，不知您什麼時候要？」

程書榆將二十萬兩都放在桌子上。「現在。」

幽州的奸細在程書榆離開之前已經抓得差不多了，現在運糧草進去，可以放心。

「我這邊有十人，要買什麼東西他們都知道，你們送東西進幽州時也是由他們護送帶路。我記得我親戚在這裡存了十箱金子，幫我把其中五箱換成銀子取出來。」

掌櫃一一幫忙辦理後，程書榆帶著銀票出了萬通錢莊，先讓胡大刀的人在錢莊待命。

程書榆和晏修遠著手開始看鋪子，他選了一間有後院的鋪子，剛好可以在後院製造冰塊，選定鋪子就直接買下來。

程書榆將後院房間的牆壁都打通，變成一個大通間，裡面擺滿大瓷缸，硝石就放在瓷缸中，上面放了木盆，收拾乾淨就可以開業了。

他用了幾天時間先造冰、存冰，並在這幾天中，招了幾個夥計幫忙搬冰和運輸。房中隨時留人看守，以免夥計不守規矩偷偷探查他們怎麼製冰。

天氣越來越熱了，程書榆的賣冰鋪子也開業了。

開業的這一天極其火爆，許多大戶人家都上門購買，甚至前幾天存的冰都已經賣完了，要靠預約才能夠買到。

另一邊，萬通錢莊已經迅速採買了一批物資，正準備運到幽州。

「將軍，糧食運回來了。」一人上前稟報。

胡大刀有些驚訝。「殿下，承平，我們一起去看看。」

在程書榆離開的這一段時間，大月已經開始有些騷動，他們鎮壓過幾次，胡大刀還在擔心糧食不知什麼時候才能運來，沒想到這時就到了。

他們走到外面的空地上，看著一車車的物資運到軍營中，緊繃的心也放鬆了一點。

「將軍，這是萬通錢莊的人，他們幫我們運物資過來，這是其中一部分，下一批還要一段時間。程先生他們在江城十分順利。」說話的人是當初留在錢莊的人。

胡大刀點點頭。「知道了，你走的時候，去大山村拿上東西送去給程先生他們。」

「是。」

胡大刀看著源源不斷運進軍營中的物資，心中激動萬分。

有了這些物資，抵禦大月一個月不成問題。

「敵襲，敵襲！」吶喊聲劃破了深夜的寂靜。

大月並不知道幽州的動靜，按照自己的原定計劃，以為只要在深夜中神不知、鬼不覺發起進攻，就能打幽州一個措手不及。

可是胡大刀他們早早就做足準備，每時每刻提防著他們。一聽到聲音，將士們以最快的速度穿戴好，拿起武器前去應敵。

大月有些輕敵，認為幽州已經被他們的合作夥伴給拿下，而先前被抓的人馬並沒有促使他們提升警戒。

就算被抓了又怎麼樣？沒有糧草供給幽州的軍隊又能夠支撐多久？

雙方展開激烈的對抗，因為大月出動的人少，胡大刀的軍隊很快就把人給拿下了。

大月一看情況不對立刻撤退，沒有跟他們奮戰到底的意思。

晏承平抓到兩個準備往他們糧倉內放火的大月人，提著人來到營帳前面的空地上。

天還黑著，胡大刀命人點燃火把，搖曳的火把光芒照在人臉上，臉忽明忽暗。

胡大刀和程天磊站在一群被繩子捆起來的大月人面前，經過一番審問，得知今晚僅僅是試探一下他們的實力。

「看來真正的大戰就要開始了。」胡大刀看著大月的方向喃喃道。

「我們的人有傷亡嗎？」晏承平問道。

當大月人偷襲的時候，他沒有去前方作戰，而是檢查那些需要注意的角落，比如存放糧食和藥品的地方。

胡大刀搖搖頭。「我們反應及時，沒有什麼大的傷亡。」

程天磊嗤笑一聲。「大月看情況不對早就跑了，不然怎麼會只抓到這幾個人。」

程家。

程稚清面前擺滿了瓶瓶罐罐，她這一段時間嘗試用簡易的蒸餾工具做酒精。

大魏的酒度數不高，而戰場上受傷的人大多數是因為傷口沒消毒，造成感染、發炎、發膿、高燒，最終沒有熬過去。

程稚清針對這個問題，買酒回來自己提煉。

「成了，成了。」程稚清看著面前的工具，終於有了成果，開心地喊出聲。

她嘗試了很多次，每一次都是以失敗告終，這次終於成功了！

程稚清開心地飛奔去晏家。「晏爺爺，我做出來了！」

晏家和程家這段時間都知道程稚清在忙著做東西，每天程家都瀰漫著一股酒香味，程萬實在有點受不了，天天躲在晏家，和晏瀚海聊天、下棋、喝茶。有時候酒香也會飄到晏家，兩人就著酒的香氣喝著茶，就當成是在喝酒。

聽到程稚清說東西做出來了，晏瀚海也很開心，至少他們以後不用繼續忍受聞著酒香卻喝不到的感覺了。

「做出來了？是什麼東西？」晏瀚海問道。

程稚清小心翼翼地將收集到的一小杯酒精給晏瀚海看。

晏瀚海聞著這酒就陶醉不已，光聞著就覺得這是好酒，他的手越來越靠近自己的鼻子，嘴巴微微張開。

程稚清手急眼快地從他手中奪下那一小杯來之不易的酒精，她護著手中的酒精，一臉警惕地看著晏瀚海。「晏爺爺，這可不是喝的。」

晏瀚海有些尷尬，沒想到剛準備偷喝一小口就被發現了，他訕訕問道：「酒不就是用來喝的嗎？」

程稚清認真解釋起來。「我知道戰場上會死很多人，這些人大多數是因為傷口發膿腐爛，導致死亡。」她捧著手中的一小杯酒精道：「這個說不定可以幫助減少死亡的人數。這個是酒精，可以用來消毒，也就是減少傷口發炎、感染的情況，這樣就能讓更多人活下來。」

晏瀚海聽到此話，臉上的表情慢慢嚴肅起來。「真的嗎？」

程稚清點點頭，很快面上的表情又低落下去。「但這是用酒來提煉的，我花了大筆錢才得到這麼一點，能用到的人不是很多。」

晏瀚海點點頭，看著程稚清手中的酒精陷入沈思。「我們這兩天先收集一下妳說的酒精，我帶著妳去軍營，讓胡大刀自己決定。」

程稚清當即找來傅今瑤和晏綺南。「今瑤、綺南，我有一點事需要妳們幫忙。」

傅今瑤和晏綺南一聽，立刻放下手中的東西。「稚清姊，妳說。」

她們在家中見所有人都忙著自己的事，而她們只能幫著幹一點活，實在有些愧疚。

程稚清帶著她們去隔壁，晏綺南和傅今瑤見到面前一長串的工具，頓時有些慌張。「稚清姊，這……我可能做不好。」

「對啊，這一看就很難，我粗手粗腳的弄壞了可怎麼辦？」

程稚清見她們忐忑不安，立即安慰道：「沒事的，壞了還能夠重新做，不要擔心。妳們都能繡花了，居然還說自己粗手粗腳，那我這個不會繡花、只會擺弄這些東西的人，不是更比妳們粗手粗腳？」

傅今瑤和晏綺南頓時想要反駁，卻緊張到話都說不清楚。

「好了，逗妳們玩的，不要放在心上。來，我來教妳們怎麼做。」

程稚清拿出另外兩套工具，從零開始教她們。這些工具都是她畫出圖紙，請晏瀚海和程萬幫忙做的，晏瀚海和程萬做了很多，就是以防壞了，可以隨時更換。

晏綺南和傅今瑤都很聰明，很快就上手了。

程稚清見她們很快就掌握訣竅，立即誇讚道：「妳們也太聰明了，接下來的步驟更簡單，妳們一定沒有問題。」

程稚清如此直白地誇獎人，她們臉上立刻升起一絲緋紅。

三人忙碌三天，才湊了一大瓶的酒精。

晏瀚海找了留守在這裡的士兵，讓他們帶他和程稚清去一趟軍營。

這些士兵都聽說過鎮國公的大名，對他十分佩服，之前將軍也囑咐過，如果可以，一定要把鎮國公拉到軍營，可是他們在這裡根本不好意思開口，現在人家主動提了，當然立即答應。他們決定派一個人帶路且立即啟程，以免晏瀚海反悔。

程萬和傅新雅得知程稚清要跟去軍營都有些不捨和擔心，但還是幫她準備了很多東西。

程稚清收拾了一大堆的藥品放上馬車，這些天她都在製作止血藥、保命丸，以備不時之需。

他們告別家中的人，由一名士兵幫他們駕駛馬車，程稚清坐在馬車上，緊緊抱著那一瓶來之不易的酒精，生怕一個不注意就碎了。

他們到軍營的時候，大月和幽州已經打起來了，胡大刀的人前去通報，兩人順利進入營區。

晏瀚海一進入營帳，原想跟胡大刀說程稚清的新發明，結果卻被戰事給拖住了，他和胡大刀一起聽傳來的消息，分析戰況。

程稚清在外靜靜等著，只見一個受重傷的人被抬回來，她想過去看一看那人，但是晏瀚海還在營帳裡面，她猶豫了片刻，還是決定跟著傷者過去。

帶他們來的那人沒有阻止程稚清，只是跟隨在她身後，因為有這人的跟隨，軍營裡的人見到程稚清都沒有阻攔。

程稚清見到那人被抬進營帳，連忙小跑著跟進去，一進去就聽見一個年老的聲音說：

「沒得救了。」

程稚清上前看了一眼，只見那人腹部被捅了一刀，裡面的腸子都能夠看見。她過去給他把脈，從自己的隨身包袱中拿出針線，這也是以防萬一才帶的。

她當初對外科縫合很感興趣就學了一點，用豬肉練過手，還沒有在人的身上試驗過，她有些緊張，深呼吸一口很快就冷靜下來了。

一旁的老軍醫看著她質問出聲。「妳是誰，妳要做什麼？」

跟著程稚清的人向老軍醫回答。「她是一名大夫。」

他們在大山村受了傷都是程稚清幫他們包紮，她的藥效果都非常好。

程稚清從包袱裡拿出保命丸，先讓那人吃下了一顆，才開始縫合。

老軍醫看她這樣只覺得譁眾取寵，明明人都沒有救了，但他考慮到程稚清出現在這裡應該是將軍同意的就沒有多說什麼，他冷哼一聲，接著看下去，反正現在的傷者不是很多，他還有時間。

程稚清縫合結束後，先用酒精消毒，又撒上一層止血藥，做完這一切後，再替傷者把脈，見脈搏雖然微弱但還算平穩才放下心來。

老軍醫見此也上前重新為傷者把脈，不禁瞪大眼睛，明明剛才還是一副快死的模樣，怎麼現在就穩定下來了？

程稚清沒有說話，她知道這一切都是假象，如果今晚他能夠撐過去，就說明酒精有用。

只能說盡人事、聽人命，她已經做了最大的努力。

老軍醫跟在程稚清身邊喋喋不休。「這個縫合的法子真的有用嗎？妳剛才給他抹的是什麼東西？」

程稚清見時間還算充裕，便跟他細細解釋。「我在一本書上看到，人受傷了，傷口縫合起來比讓它敞著自己癒合效果要好。你看縫合之後，是不是失血速度變慢了？但我也只是在書上看到，沒有試過，這是我第一次給人縫合。」

她指著地上的酒精。「這是我自己研究出來的，叫酒精。這個可以給傷口消毒，讓傷口不會輕易發炎、感染。酒精的具體效果怎麼樣還不清楚，如果今晚他能撐過去，就說明酒精有用。」

老軍醫看了看躺在床上面色蒼白的人，又看了看地上的酒精若有所思，酒精具體效果還不確定，但是這個縫合的法子說不定真的可以試一試。

老軍醫剛才旁觀程稚清救治的過程，傷口縫起來之後確實比沒有縫起來效果要好，以往如果有這樣的傷患，就算能夠支撐回到營地，沒多久也會去世。現在這個傷者情況還算穩定，就足以證明縫合這個法子有用，如果這個傷者能撐過去，就說明她的方法可以借鑑，以後傷患活下去的機會也會大大增加。

「軍醫，軍醫！」人還沒見到，聲音就先傳進來。

老軍醫顯然已經很熟悉這個情況，快速收拾好自己的東西，等著人將傷者抬進營帳中。

軍中的軍醫並不多，多數跟著將士們上前線，只留下一個老軍醫留在大營中，前線的重傷患者活下去的機會渺茫，通常會先做急救，再抬回大營中讓老軍醫看看。

沒多久就有人抬著傷者進入營帳內，這次傷者左身側沒了一條胳膊，傷口處還在不停出血。

老軍醫瞳孔一縮。「怎麼回事？」

來人將傷者小心翼翼地放下來，惡狠狠說道：「不知道大月人怎麼回事，一個個跟瘋了一樣向我們攻擊。」說著他紅了眼眶。「我這個兄弟是為了救我，才被他們砍掉一條胳膊的。軍醫您快看看，還能不能救啊？我這個兄弟家裡還有一個剛出生的孩子呢！」

雖然這種斷肢的情況一般來說是活不下去，但是老軍醫看著眼前不停哀求他的人，還是給那人看了看，而後直起身子，沈默地搖了搖頭。

男子看著老軍醫沈默的態度也明白了，當即跪下來號哭出聲。

老軍醫在軍營這麼多年也看過許多相似的場景，每次都心有不忍但也無能為力。他看著眼前號哭的男子，突然想起什麼，用期待的眼神看向程稚清。

程稚清沒有猶豫，將一瓶藥塞到老軍醫手中。「給他服下一丸。」而後一把推開跪在傷者前號哭的男子。

男子看到是一名女子，當即想要衝上去，卻被跟在程稚清身邊的人給攔住。「還想讓你兄弟活命就不要亂動！」

程稚清看著傷口的面積，狠下心將酒精倒在傷口處進行消毒，只聽見昏迷的人發出哼聲。

程稚清消毒完後，撒上止血藥，這藥出自空間，帶了空間的靈泉水，希望有點作用。做完這一切後，程稚清也只能幫到這裡了。

男子見他們沒有其他動作，小心翼翼地開口。「這是有救了嗎？」

「如果他能夠撐過三天，說不定就有救了。」程稚清抹了一把頭上的汗水。

男子聽到這話似乎有了一點希望，以往像他兄弟這般受傷的人都是直接宣告不治，可是這個女大夫說，如果能撐過去就有希望。

男子撲到斷臂傷者身邊，不敢觸碰他。「兄弟，你可要撐住啊！你想想家裡剛出生的孩子，想想嫂子，他們沒有了你可怎麼活啊！」

程稚清和老軍醫沒有理會這名男子，因為又有傷患被抬進來了。有了第一次的配合，老軍醫與程稚清合作得越發得心應手，兩人一直忙碌到天都黑了。

深夜，送回來的傷患都開始發燒，程稚清累得一根手指都不想動，她從包袱中找出退燒丸，將它交給跟隨她的人。「先把這藥丸給發燒的人服一粒下去。」

她又在包袱中找出一張紙，這是一張藥方，她來之前就將這些常用藥方都準備好了。

「按照單子上面去煎藥。」

老軍醫接過藥方看了一眼，發現這個比他給出的藥方效果還好。

藥煎好後，給每個發燒的人都灌了一碗湯，待他們忙完這些，天已經有些亮了。

第二十九章

戰況現在已經有些穩定，晏瀚海這時候才想起程稚清，他急忙走到營帳外一看，只見程稚清並沒有在外面。

胡大刀跟著他向外看了一眼，疑惑道：「晏老頭，你看什麼呢？」

晏瀚海虎目一瞪。「都怪你，要不是你拉著我，硬要我跟著一起聽，我怎麼會忘記。」

胡大刀聽著他說的話摸不著頭腦。「你忘記了什麼？」

「跟著我一起來的那個小姑娘呢？」

胡大刀這才恍然大悟。「你早說啊，人在軍營裡，還能丟了不成？」他吩咐在營帳外站著的士兵。「你去找找昨天跟著晏老一起來的小姑娘去哪裡了。」

「將軍，我昨天看見他們往軍醫那個方向去了。」

胡大刀自知理虧，畢竟昨天是他拉著晏瀚海，才讓人家忘記還有一個小姑娘。「走吧，我帶你過去找她。」

二人走進軍醫處，就見程稚清趴在桌上打盹，老軍醫率先看到胡大刀立刻喊了聲。「將軍！」

程稚清被這如雷般的聲音給嚇醒，只見晏瀚海瞪了一眼老軍醫，轉頭又笑咪咪地看著程稚清。「小清啊，妳不是說有東西給妳胡爺爺看嗎？現在妳胡爺爺就在這裡，快給他看看。」

胡大刀有些疑惑，但是看著老友都好言相對的人，自然要給個面子。「丫頭，妳別怕，儘管拿來看看。」

程稚清有些尷尬，掃了一眼腳底的瓶子，說：「東西都用完了。」

這時候老軍醫跳了出來。「將軍，這可是好東西啊！昨天送來重傷的患者足足有三十人之多，一晚上過去了，活下來二十多個。」

胡大刀自然明白這是什麼意思，能夠送到這裡的人一般都是沒有希望了，以往三十多人，能活下三、五人就算不錯了，沒想到現在居然活了這麼多人。

胡大刀震驚地看著程稚清。「丫頭，到底是什麼東西？」

「我帶來的東西叫酒精，是我看書研究出來的。主要的原料就是酒，簡單來說就是很烈、很烈的酒，這能夠使患者傷口不易感染、發膿。」

過往受傷的士兵不就是傷口癒合不好，反覆發炎、發膿，最後才撐不下去的嗎？現在有了這個酒精，能夠救活多少將士啊！

看著胡大刀很開心的樣子，程稚清還是給他潑了冷水。「這個酒精是用酒製作的，我這一瓶酒精用了大概三十瓶酒才做出來。」

胡大刀看了眼地上的酒瓶，沒想到這要用這麼多酒才能夠製造出來。酒是糧食做的，價值不菲，天下有很多人都不能吃飽飯，他們用酒精給將士治病，傳出去置軍營於何地？

「做吧，只要能救活將士，那就值得。」魏靖之不知道什麼時候進來了，他知道胡大刀心中在顧慮什麼。

那又如何，難道士兵就活該犧牲嗎？他們的命也很值錢，衝鋒陷陣的都是他們，如今若連區區的傷藥都不能夠滿足他們，這不是笑話嗎？

胡大刀聽見聲音轉過身，見魏靖之在他的身後。「殿下。」

魏靖之點了點頭，對程稚清說：「我們出錢，妳做。」

程稚清大驚失色。「我們家中沒有人手可以每天看著這酒精，只怕供應不上軍中需求。」

魏靖之想了想，道：「妳要多少人，讓他們跟妳回去學。」

程稚清直接道：「你讓他們直接去大山村找晏家，我家中兩個妹妹都會做。」

她沒有打算回去，她會一點醫術，還有靈泉水，說不定能夠多救一些人。

魏靖之看著她突然想到了什麼，看著晏瀚海的樣子似乎不是親孫女，但是又和晏家關係密切。「妳是程副將的妹妹，承平的未婚妻嗎？」

程稚清詫異地看著他。「你怎麼會知道我？」

這句話間接承認了她的身分。

胡大刀瞪大眼睛，沒想到給他們送錢的人就是這小姑娘啊！

「小姑娘，可真是謝謝妳對我們的幫助啊！」

程稚清沒想到來軍營會面對這樣的場面，心裡吐槽舅舅居然把自己供出去了，她本來只想低調助人。

她尷尬地擺手。「沒有、沒有，都是為了幽州百姓。」

這時突然有一雙手撩開簾子，程稚清抬頭一看，那人竟是晏承平，他身穿盔甲，身上、臉上都帶著血跡。

晏瀚海背對著晏承平，晏承平沒有看見晏瀚海，只瞧見程稚清。

晏承平看到她愣了一下，冷聲道：「妳怎麼來了，誰把妳帶來的？妳不知道這裡有多危險嗎？」

晏瀚海聽到此話頓時有些不滿，陰陽怪氣道：「可不是嘛，多危險啊！小清，走，爺爺帶妳回去。」

胡大刀一聽，連忙伸出手攔著晏瀚海。「晏老頭，你跟他置什麼氣，他不是擔心人家小姑娘會受傷嘛！」說完他瞪了一眼晏承平。「人家小姑娘不顧危險專門過來送東西給我們，你趕緊給小姑娘道歉。」

程稚清一臉狀況外，她其實還沒搞懂發生什麼事。晏承平也是關心她，不過語氣有些強硬，但是晏瀚海和胡大刀維護她的舉動，還是讓她很感動。

晏承平有些無奈。「好，是我不對，沒弄清楚情況就去指責稚清，等天磊哥回來了，讓他罵妳。」

程稚清聽到晏承平提起她哥，瞪了晏承平一眼。

她哥才不會罵她呢！

晏承平擺正臉色。「將軍，有情況。」

胡大刀帶著眾人回到他的營帳，見程稚清沒有要走的舉動，喊了她一聲。「小姑娘，跟我們一起去吧！」

胡大刀見程稚清能夠拿出這麼多東西，就知道她是一個聰明伶俐之人，他想看看程稚清對戰事有什麼見解。

程稚清不理解。「我去做什麼？你們不怕機密會被我洩漏嗎？」

胡大刀笑了兩聲。「哈哈，妳花了二十萬兩又拿出利國利民的東西，就為了給敵國傳消息，那妳豈不是太虧了？」

程稚清笑了笑，沒有拒絕，跟著他們一起去將軍營帳。

眾人都坐下後，晏承平才緩緩開口。「按照現在這個趨勢，我們勝利就是時間問題，大月現在不要命地跟我們打，是因為他們覺得我們沒有糧草，只要熬過這段時間就是我們落敗之時。但是一個月的期限就快到了，當他知道我們還能夠戰的時候，他們就會聯合京城那邊……」

他話還沒說完，魏靖之便接話。「到時候我們就會被前後夾擊，進退兩難了。」

見胡大刀不明白為什麼，晏承平道：「當他們知道我們有糧草，可以跟他們做長期鬥爭時，就會聯合京城的人，放出我們投靠大月的消息。京城定會派兵來將我們殲滅，來的人必定是二皇子方的人，到時候我們就比較為難了。所以現在我們就要將大月打得沒有反擊之力，趁他不注意之時前往京城。」

「他們不是放火燒我們的糧草嗎？我們也可以。」胡大刀說道。

「如果我們這一次沒有成功，那麼下一次他們就會更加戒備。」晏承平緊皺眉頭道。

程稚清見他們這麼為難。「那我們能不能給他們下藥啊？先迷倒再放火，不過迷倒之後，好像也可以不用放火了，直接把他們的糧草拖回來，我們自己用？」

大家都一臉驚詫地看著程稚清。

程稚清見大家這麼看著她，心裡有點忐忑。「怎麼了？我就是隨便說說的，說錯了，你們不要放在心上。」

晏承平想起程稚清的醫術，便問道：「稚清，妳有迷藥嗎？見效快的。」

程稚清點了點頭，翻著包袱，從裡面拿出兩樣東西擺在桌子上。「有啊，迷煙和溶水的都有，你要哪一種？」

大家都驚奇地看著程稚清，沒想到她連這個都帶來了。

「試試嗎？」

眾人聽到程稚清這麼說立即點頭。

程稚清拿了一個茶杯往裡面倒水，再加入一點點藥粉，輕輕晃了晃。

胡大刀看著程稚清的動作問：「這麼一點夠嗎？」

程稚清自信點頭。「夠了，若不信，將軍找人進來一試。」

胡大刀立即叫來一人，把茶杯遞給他。「喝了。」

那人沒有猶豫直接喝下那杯茶，一瞬間那人手中的杯子就掉落在地，發出清脆的聲音，人也跟著倒在地上。

程稚清又拿出迷煙問大家。「這個還要試嗎？」

胡大刀連忙搖頭。「不用了，不用了，我們相信妳。」

程稚清將迷藥都放在桌上。「你們自己看著用吧。我去看看那些傷者怎麼樣了。」她說著便走出營帳，前往老軍醫那裡。

晏承平拿起程稚清放在桌上的迷藥。「事情宜早不宜遲，我們今晚就行動。」

大家將事情商量清楚後，晏承平就去找程稚清，叮囑她在軍營裡不要亂走，保護好自己。

晏承平深深看了她一眼後，轉身離去。

晏承平帶著程稚清給的迷藥回到前線，他和程天磊商量了對策，決定在傍晚的時候混進大月的軍營。

他們換上大月的衣服，在他們準備做飯的時候混了進去。

「欸，你們是誰，怎麼沒見過你們？」一個囂張的聲音在他們耳邊響起。

程天磊一愣，很快反應過來，臉上露出難看的神色。「我們兩個得罪了將軍，將軍把我們兩個趕到這裡給大家燒火做飯。」

晏承平沒有說話，他不會大月的語言，反而是程天磊在幽州邊境待了好幾年，學了一點他們的話。

那人沒察覺出問題，現在這形勢每一個人都很重要，要是放在以前，肯定是直接把他們兩個拖出去殺了。

「那你們去吧，好好幹啊！」

晏承平和程天磊裝作誠惶誠恐地點了點頭。

周圍的人聽到他們的對話，沒有對他們客氣。「你們兩個去抬水過來做飯。速度快點，要是耽誤了將軍吃飯，有你們好看的。」

這剛好符合他們的想法，還不用費力去找水缸在哪裡。

程天磊他們根本不知道水在那裡，便問出了聲。「那個……水缸在那裡啊？」

幸好他們的人設是第一次來做飯的，不然就露餡了。

對方也沒說什麼，臉上露出不耐煩的表情，隨手指了一人。「你帶他們去。」

程天磊和晏承平跟著人去挑水的地方。

那人將他們帶到後就溜了，他一點也不想跟著挑水，今天剛好可以歇一歇。

程天磊和晏承平還想著用什麼藉口支走那人，沒想到他自己先走了。

他們注意著周圍的動靜，發現沒有人注意他們，一人打掩護，一人將藥粉撒在水缸中，他們用水桶放進去攪了攪後，再挑水去伙房。

伙房的人沒看出有什麼問題，直接用了這水做飯。

他們忙完後，裝作很累地坐在地上休息，見周圍人都已經開動了，為了不被起疑也準備去吃飯，結果他們剛到就被人趕了出去。

「你們吃什麼吃，今天動作這麼慢差點耽誤了大家的時間，不罰你們就不錯了，還想要吃飯？去去去！」

伙房的人因為在軍中做飯，不用上陣廝殺，所以都是吃前線剩下的飯，每天都吃不飽，今天剛好來了兩個倒楣蛋，可以理所當然把他們的飯一起吃了。

程天磊和晏承平什麼也沒說，轉身往外走，換了一個地方坐著。

他們靜靜數著時間，只聽見一聲碗摔落地的聲音。「飯……飯有問題！」

越來越多人倒下，察覺到不對勁的人想要站起身，卻沒有抵抗住藥效也倒在地上。

晏承平站起身子，拿出解藥吃了下去，而後又拿出迷煙，將其點燃，繞著大月軍營走了一圈。

大月將軍恰好還沒有吃飯，他察覺有異，出來一看只見周圍的人倒了一地，他怒不可遏，喊著。「來人啊，人都死哪裡去了？」

晏承平從他後方撲了過去，大月將軍察覺到異樣，急忙往旁邊一躲，他轉過身，看到晏承平穿著大月的衣服。

大月將軍表情狠毒。「是你！」

晏承平將拿著迷煙的手背在身後，漫不經心道：「是啊，可不就是我，現在你們都倒了，接下來會發生什麼，你應該清楚吧。」

大月將軍青筋暴起，突然他感覺渾身沒有力氣，連忙捂住口鼻。「你放迷煙！你們大魏不是最講究光明磊落，怎麼會幹如此竊賊行徑！」

晏承平冷哼。「對付竊賊就用竊賊的辦法。你將你和大魏人通信的證據交給我，我可以考慮放你們一馬，不然你就等著我們的人，血洗大月。」

說來也巧，程天磊剛巡視完，確認沒有遺漏的地方後，往天上發了一顆信號。

晏承平看了一眼信號，輕笑了一聲。「說不說？」

大月將軍已經沒有力氣了，倒在地上如同羔羊般任人宰割，為了活命，他喘著粗氣。「我說，我說！」

晏承平見此，將迷煙熄滅。

程天磊此時過來與之會合，他們在大月將軍說的地方找出信件和證據，確認無誤後，帶著人將大月的糧草都搬空了。

大月將軍眼睜睜看著大魏的人大搖大擺地走進他們軍營，將他們的糧草洗劫一空，目眥盡裂。

「我告訴你，我們的糧草還有很多，打你們一年半載不是什麼問題，如果你們還想要跟我打，隨時奉陪！反觀你們，什麼都沒有了吧？你自己好好掂量吧。」

晏承平和程天磊沒有打算將大月趕盡殺絕，如果真的把他們趕盡殺絕，不知道會惹來多強烈的反撲。

晏承平和程天磊順利完成任務後回了幽州軍營。

魏靖之和晏承平帶著從大月軍營中獲得的證據和幽州知府趕往京城，胡大刀調了五千精兵同他們隨行。

為避免大月反撲，胡大刀需要留在軍營做決策，就由程天磊代表他跟隨魏靖之前往京城。

與此同時，大月軍營。

一人迷迷糊糊醒來，看到周圍倒了一地的人，驚得跳了起來。

小兵闖進將軍的軍營，只見將軍躺在地上喘著粗氣。「將軍，將軍！」

小兵趕忙上前，把將軍扶上椅子。

大月將軍眼眶通紅，眼中布滿血絲，表情猙獰。「快叫人前往京城，計劃失敗了。再給我備馬，我回大月一趟。」

出了這麼大的事，他要立刻回去告知陛下，畢竟他們現在糧草都沒有了，沒有糧草還打什麼仗！

雙方人馬都在趕往京城，由於大月的人少，一個人方便行動，他日夜兼程終於比晏承平他們早一步到達。

大月男子換上大魏的服飾，等著城門一開，就衝到阮弘方府邸，他沒有驚動任何人直接翻牆進阮府，毫不費力就找到阮弘方。

阮弘方此刻正和一女抱在一起，做著事成後加官晉爵、高官厚祿的美夢。

那名女子感覺有點不對勁，睜開眼一開，發現不知何時有一人正在盯著他們，她驚叫出聲。

一旁的阮弘方也被嚇醒了，正要怒斥身邊的女子，睜眼就看見一名男子拿著令牌在他面前。

待他看清令牌時愣了愣，一巴掌打在那女子臉上。「給我閉嘴，還嫌不夠大聲嗎？」

女子捂著臉，眼中噙著淚楚楚可憐地看著阮弘方。「老爺，人家也是被嚇到了。」

阮弘方此刻沒有心思去哄女人，不耐煩地吼了一句。「滾！」

女子似乎被嚇到了，卻也不敢不聽從命令，裹著被子就衝出房門。

大月男子見礙事的女人終於走了，他悠悠收回令牌。「主子說，計劃失敗！」

阮弘方面色大變，此時什麼也顧不得，他起身穿上衣服，讓下人備馬車，帶著大月人前往二皇子府。

在二皇子府等了許久卻遲遲未見到人，阮弘方對下人催促著，說有急事要見，二皇子卻一直沒有出來。

他們出府時天還朦朦亮，等到二皇子出現時天已經大亮了。

魏燃之來到他們面前時，還有些不耐煩。「什麼破天荒的大事，要你催魂似的叫我？你要是說不出什麼理由，就別怪我手下不留情了。」

阮弘方面上帶著驚慌的表情。「殿下，計劃暴露了。這下可怎麼辦啊？」

魏燃之站起身，語氣錯愕。「什麼？」

阮弘方讓身旁的男子告訴他們到底怎麼回事，他早上太過緊張忘記問了。

那人用簡短的話將事情告知魏燃之。「大魏帶人往我們營帳中放了迷藥，帶走了我們的糧草，且他們還搜出了我們和你們交易的證據。將軍讓我來告訴你，大月和你們的交易到此結束。」

男人拱了拱手先一步離開。

大魏現在什麼也不能幫他們，如果眼前的二皇子能夠登上大魏的皇位固然好，但是看樣子，他是沒有本事登基了。

魏燃之看著離去的人，表情陰鷙，隨手摔了一個杯子。

沒用的東西！事情都幫他們準備妥當了，結果還是失敗了！

那就別怪他心狠了！

他朝阮弘方招了招手，阮弘方立即會意，將耳朵湊近魏燃之的嘴邊。

只見魏燃之跟他耳語了幾句，阮弘方臉上不再是心虛害怕的表情，取而代之的是奸詐陰險的笑容。

阮弘方一拱手。「殿下放心，此事我一定會辦妥。」說完，他快步走了出去。

魏燃之看著阮弘方逐漸走遠的身影，眼中的恨意越發濃烈。

現在看你們拿什麼跟我鬥！

第三十章

夜幕降臨，魏靖之等人終於到了京城，他將五千精兵安排在城門外，帶著晏承平前往太子妃的娘家。

太子妃聽到通報，快步走來，面上帶著若有若無的擔憂，她疑惑這時候是誰來找她。

屋子中有些昏暗，她上前一步。

「不知閣下有何事請教？」

魏靖之抬起頭，等她看清了魏靖之的面容，愣在原地，還沒等魏靖之開口，她已回過神，上前抓住魏靖之的袖口。

她知道魏靖之未死的消息，前段時間有人拿著玉珮和信件找到她，她拿出所有銀子希望能夠幫忙殿下，可沒有想到居然這麼快就能和殿下見面。

她眼中淚水滑落，哽咽道：「殿下您快回宮中，我收到消息，二皇子命人將所有大臣全都請去宮中，父親……父親也去了，已經有小半天，現在還沒有放人。」

魏靖之面色一變和晏承平對視一眼。

他要逼宮！

魏靖之安撫了太子妃，帶著晏承平回到城門，抓了看守城門的兩個小兵，直接開門讓大軍進入。

皇宮。

大臣們聚集在皇上寢宮外。

「二皇子叫我們來到底有什麼事要商議？」

「就是啊，也不露面，就讓我們乾等著，這算什麼事啊？」

不是二皇子一派的人皺著眉頭，他們給足二皇子臉面，並不是同意他將他們這些人當猴耍。

丞相直接開口道：「如果殿下沒什麼事，就恕老臣不奉陪了！」

丞相甩袖轉身就要離去，身邊許多大臣想要跟他一起走，不知從哪裡突然衝出來一隊人將他們團團圍住。

內心有數的人面色不變，毫不知情的人則面色大變。

太子妃的父親氣得話都說不穩當。「你……你們這是要做什麼？陛下還在裡面，這是要造反嗎？」

周圍一片寂靜，沒有人敢接話，直到二皇子被人簇擁著來到他們面前。

丞相沈著臉問道：「殿下這是要做什麼？」

魏燃之表情倨傲。「不做什麼，就是想你們看著罷了，跟了我，保你們萬無一失，但要是你們不支持……」周圍的人將劍抽了出來，劍光照在大臣們的臉上。「那你們就要小心一些了。」

突然，阮弘方站了出來。「殿下，微臣願意跟隨殿下，助殿下大展鴻圖。」

阮弘方的聲音剛落下，便有越來越多的人站出來，表示站在魏燃之這一邊。

看到這裡，大家都懂了，他這是要造反啊！

兩方分開而立，涇渭分明。

「你這是大逆不道，陛下還在，豈容你如此放肆！」

「名不正、言不順搶來的皇位，殿下這般行事，不怕天下人唾罵嗎？」

「識時務者為俊傑，陛下看樣子支撐不了多久，我們支持二皇子一點錯都沒有！」

魏燃之冷哼一聲，如果不是被逼急了，他也願意等到那個老不死去了，名正言順地登上這個位置。

可是現在，今時不同往日了。

魏燃之甩袖。「哼，我就讓你們看看什麼叫名正言順。」

大臣們面面相覷。「皇上不會有危險吧？這可如何是好？」

魏燃之走進皇上的寢宮，拿出事先寫好的退位詔書，詢問玉璽在何處。

「父皇，國不可一日無君，兒子幫您分擔朝政也名不正、言不順，您告訴兒子玉璽在哪裡，把這退位詔書章蓋了吧。」

皇上緊閉著眼睛沒有回答，但從他輕顫的睫毛可以知道他是醒著的。

魏燃之一腳踹上跪在一旁瑟瑟發抖的太監，怒吼出聲。「說！你伺候了他這麼多年，一定知道玉璽放在何處！給我說！」

太監被踹倒在地，顧不上身體的疼痛，迅速跪在地上不停磕頭求饒。「殿下饒命！殿下饒命！玉璽向來都是陛下自己收著，老奴也不知道玉璽在何處啊！」

魏燃之氣急敗壞，又是一腳踹了過去。「沒用的東西！」他面目猙獰地坐在床邊，用最溫和的語氣說道：「父皇，您知道自己是怎麼病的嗎？」

皇上的呼吸突然變得急促。

「是我做的啊！我先是幹掉了大哥，您連大哥的死因都不願意詳查，歡天喜地公布大哥的死訊，我想，我這也是隨了您吧，一樣的心狠手辣。」魏燃之握住皇上的手，死死地捏著。

「要是大哥還在，我肯定是沒有辦法下手的，也要多謝父皇您給我這個機會啊！您看看我，怎麼說偏了呢，除去大哥後，我買通了您身邊的太監，在您每天必喝的龍井中下了藥，您看看，現在您不是只能躺在這龍床上，沒有辦法起身了。」

皇上的呼吸越來急促，臉脹得通紅，好半晌才憋出兩個字。「畜生！」

魏燃之笑了笑。「我是畜生，那您就是老畜生，不然怎麼會生下我這個小畜生呢，您說是不是？不過，這也怪您，您這皇位也坐這麼多年了，怎麼還不知滿足？」他表情越發猙獰，聲音越發冰冷。「現在你要告訴我玉璽在何處，往後我還願意供著你吃喝，不然你就別怪我不客氣了！」

「砰」一聲寢宮的門被推開了。

魏燃之站了起來。「誰！」

「哦？你想要怎麼不客氣，說來聽聽。」

那人低著頭，魏燃之看不清他的臉，但是聽著聲音格外耳熟，隨著那人越走越近，他抬起臉。

魏燃之驚愕叫出聲。「是你！你不是死了嗎？」

魏靖之臉上掛著輕蔑的笑。「你還沒死，我怎能這麼早就死呢？」

魏燃之似乎已經鎮定下來了。「剛好，你就陪著他一塊兒去死吧！來人，來人啊，給我抓反賊。」

隨著時間一分一秒的流逝，魏燃之喊的人一個都沒有出現，他自信的臉上逐漸變得不解，他大喊道：「怎麼回事？是你！你做了什麼？」

「你說我沒有點準備，敢孤身一人回來嗎？」魏靖之看著他，臉上沒有什麼表情。「現在輪到我了，來人！」

瞬間齊刷刷地從外面衝進來十人。「殿下有何吩咐？」

「二皇子謀害陛下，通敵賣國，陷害忠良，把他抓起來。」魏靖之語氣淡淡地吩咐道。

「是！」

魏燃之想要跑，可是他一個養尊處優的人怎麼跑得過一群常年練武的侍衛，沒兩三下就被抓住了。

魏燃之不斷掙扎大喊：「你憑什麼抓我，憑什麼！快把我放開！」

外頭的大臣想要衝進寢宮解救皇上，但是看見周圍的人都拿著劍虎視眈眈地盯著他們，他們不敢輕舉妄動。

突然傳來一陣整齊的腳步聲，伴隨著乾淨俐落的聲音。「抓起來！」

雙方人馬打了起來，但是人數懸殊，二皇子方的人很快就被制伏。

大臣們面面相覷不知道現在是什麼情況，只見一人從寢宮中走出來，身後跟著一支小隊，二皇子被押在其中。

「請諸位大臣移步金鑾殿。」一道清亮的男聲響起。

有人聽出聲音，小聲和旁邊的人嘀咕。「這聲音怎麼聽著像太子殿下啊，可是太子殿下不是死了嗎？」

「別說了，去就知道了。」

胡大刀抽調的精兵留了一千人在宮中護衛，其餘人則將反賊押下去。

眾人一到金鑾殿，馬上就有太監殷勤地點上燭火，他們這才看清來人是誰。

這不是太子殿下嗎？

終於有人問出聲。「太子殿下，您沒事？」

程天磊和晏承平一左一右站在魏靖之的身邊。

阮弘方見到晏承平，驚訝地喊出了聲。「晏承平，你怎麼在這裡？你居然違抗聖意從幽州逃了？快，快把這個大逆不道的人給抓起來！」

程明知聽到這話才看見晏承平，他瞳孔一縮，心想：難道晏家又要起來了？現在他不知道和程稚清斷絕關係是對還是錯。

這時，沒有一個人敢回應阮弘方的話。

晏承平冷冷地看了一眼阮弘方，沒有開口說什麼。

魏靖之開口。「孤回京時遭遇伏擊，所幸得到程小將軍救助，但沒有找到凶手，孤不敢回京，便跟著程小將軍回幽州。在幽州時，大月攻打我國，奏摺一封接一封地送到京城卻沒有絲毫回音。」

「什麼，居然有這等事！」

「是啊，京城都沒有人知道幽州已經開戰了。」

魏靖之聽到此話重複了一聲。「是啊，京城都沒人知道，你們說這是誰隻手遮天？不僅斷了幽州與京城的聯繫，也斷了幽州將士的糧草。」

「欺人太甚！將幽州斷糧，不就是等於將幽州拱手讓給大月？」太子妃的父親憤憤道。

魏靖之頗為同意地點點頭。「是啊，不過幽州有福，大魏有福，程小將軍的妹妹捐了二十萬兩銀子，幫助幽州度過難關。你們猜，我們在幽州發現了什麼？」

大臣們吵吵嚷嚷，二皇子一派的人臉色有些難看，有些膽小的人已經忍不住開始顫抖了。

「幽州知府和二皇子裡應外合，將幽州的糧食都給了大月不說，還讓大月人進入幽州，讓百姓處在水深火熱中。對了，還有阮大人構陷鎮國公府竟然是為了給自己隱瞞罪行，將養父一家流放幽州，中途還買通殺手要把他們趕盡殺絕。好在我們鎮國公有大氣運，不僅安全到了幽州，還盡全力保護幽州。看看你們，再看看晏家，人家被冤枉了，還始終記得保護百姓，你們卻恨不得踩著百姓的血肉往上爬。」

有些機靈的官員立刻道：「晏家大義。」

魏靖之將他們的反應盡收眼底，等到欣賞夠了，才悠悠開口。「來人，把我們的幽州知府和證據都帶上來，給各位大臣都看看。」

聽到魏靖之的吩咐，馬上就有人把幽州知府拖上來，並把證據呈上。

幽州知府一上殿，哆哆嗦嗦就開始求饒。「殿下，微臣知錯了，微臣知錯了！這一切都是……都是二皇子殿下吩咐微臣的啊！」

大臣們得知這消息也沒有多大反應，畢竟二皇子都敢造反了，聯合幽州知府好像也算不得什麼。

「來人，把證據呈給丞相看看，以免有些人還以為孤編謊話，故意構陷二弟。」

丞相看著一份份信件，翻信的速度越來越快，他的手止不住顫抖。「敗類，敗類！」

待幾位重要大臣都看過信件後，魏靖之吩咐下屬，將信件的內容讀出來讓大家聽。

大臣們聽完信件內容後都異口同聲說道：「請殿下嚴懲此人。此人不除，我大魏的江山堪憂啊！」

魏靖之擺了擺手。「父皇還在，孤怎能代為處理。先將這這些人押到詔獄，等候父皇發落。」

魏燃之一開始就沒有說話，直到拿出證據的那一刻，他已經心如死灰，不過聽到「父皇」二字，他又升起一絲希望，掙扎著喊道：「我要見父皇，我要見父皇！你們放開我，我可是二皇子……」

魏靖之沒有理會他，擺擺手讓人把他拖了下去。

二皇子一派的大臣心裡都悄悄鬆了一口氣，以為事情結束了。

不料，魏靖之又揚起一抹笑意。「接下來我們就來說說諸位結黨營私的事吧。」

有些大臣嚇得癱軟在地上立刻求饒，有的則慶幸自己動作沒有這麼快。

魏靖之不欲多說，只是擺擺手讓人把他們拖下去。「都先去詔獄待著吧，等父皇發落。」

程明知看到這些人的下場，慶幸自己當初留了一個心眼，沒有加入二皇子的陣營。

等事情告一段落，魏靖之讓大臣都出宮，自己前往皇上的寢宮。

太醫見到魏靖之連忙請安，魏靖之問道：「父皇怎麼樣了？」

見太醫面露難色，魏靖之示意道：「你只管說，不會有人為難你。」

太醫猶豫了一下，還是決定將實情說出來。「陛下被下藥有一段時間了，因為沒有及時得到救助，現在已經回天乏術了。」

魏靖之的表情沒有什麼變化。「嗯，父皇還有多長時間？」

太醫忐忑不安地說：「最長一個月。」

魏靖之點點頭。「下去吧。」

魏靖之走到皇上身邊，看著他努力想要說話卻說不出來的樣子，就覺得可笑。「父皇，您看看您，養了一頭白眼狼還被咬了，虧您前半生算計那麼多，最終都是一場空啊！您還沒看到承平吧，他在幽州可是幫了我們大忙啊，您可得好好謝謝晏家。」

他叫了晏承平進來，晏承平看著皇帝半死不活地躺在床上，笑道：「陛下，又見面了，您看看您費盡心機，在我婚禮時將晏家流放幽州，現在我還不是回來了？」

皇上瞪大了眼睛，「嗚嗚」兩聲，誰也沒有從他口中聽到他在說什麼，他的呼吸越來越急促，一下子就暈了過去。

魏靖之撇嘴，召來太醫，吩咐下人好生照顧，自己和晏承平走出了寢宮。

「他現在承受能力真差勁，動不動就暈。」

晏承平失笑，勸誡道：「殿下，在宮裡慎言。」

魏靖之理直氣壯。「怕什麼，一個被我關進去了，一個還躺在床上動都動不得，現在我才是老大。」

他看著晏承平調侃道：「你說經過這一遭，你們晏家官復原職是板上釘釘的事，你想要什麼賞賜，比如賜婚如何？」

「賜婚」二字就像石頭落進湖中一樣，在晏承平心中泛起漣漪，不過他還記得小姑娘說不想這麼快成婚，他努力保持面色平靜。

「先給我留著，我回去問問她，等她同意了，再找你給我賜婚。」

晏承平在心中暗暗發誓，這次的婚禮一定要辦得風風光光，他的小姑娘值得最好的。

魏靖之看著晏承平雖然一副平靜的模樣，卻不知他嘴角揚起的弧度徹底出賣了他。「行行行，那就快點把事情都解決了，讓你快點娶上媳婦。」

晏承平突然想起什麼。「殿下，阮弘方留給我，爺爺應該還有話跟他說。」

魏靖之點點頭，絲毫不在意這些。

因為皇上躺在床上動彈不得，也沒辦法說話，只能讓太醫和太監精心伺候著，太子魏靖之始終以自己不能僭越為藉口，沒有處理造反之人。

晏承平和程天磊待局勢穩定後就出發回幽州，接下來的事情就不是他們能夠插手的了。

大月在沒有糧草後就不敢輕舉妄動，不久，便傳來大魏皇帝駕崩的消息。

國不可一日無君，大臣們勸太子盡快登上帝位好處理朝中事務，魏靖之便順利登基了。

他上位第一件事就是為晏家平反，派人前往幽州接晏家回京。與此同時，大月也向大魏發出友好協議，派使者前往幽州。

接著，他對此次事件有功之臣行賞，程書榆被撤掉流民身分，封為皇商。

造反之人也都一併懲處了，除了阮弘方。

幽州，大山村。

「快看，快看，他們怎麼朝我們這邊來啊？」

「快快快，我們跟上去看看。」

自從大月安分以後，百姓就恢復安居樂業的生活。

領頭的人停下馬，詢問周圍的村民。「你可知晏家住在何處？」

被問到的村民愣了一下，他沒有想到居然能夠跟大人物說上話。「知道、知道，你們一路往前走就成。」

馬上之人朝著村民微微頷首。「多謝。」

待他們走遠後，村民立刻喧囂起來。

「天啊，這些人一看就不是普通人，他們找晏家做什麼？」

「我們跟過去看看不就知道了嗎？」

「是啊，走走走，過去看看！」

得知消息的村民，都紛紛到晏家周圍看是什麼情況。

他們聚集在晏家附近，只見領頭之人敲了敲晏家的門。

晏承平一開門，心裡只有一個念頭：終於來了。

晏瀚海見晏承平站在門口，便過去一看，他不知道來者是誰，臉上露出疑惑的表情。

「你是？」

門口之人立刻行禮。「微臣拜見鎮國公。」

晏瀚海頓時後退一步。「這可不許瞎說，我早已是一介平民，不是什麼鎮國公。」

晏瀚海在幽州早就不管朝中的大小事，所以他不知道皇帝死了，太子已經登基。

那人從袖口中拿出聖旨，聖旨一拿出來，晏家所有人都出來接旨。

那人宣讀完聖旨，扶起跪在地上的晏瀚海。

「國公爺，皇上已經查清您是受人誣衊，已將您官復原職，特派屬下接您回京。」那人恭敬地說。

晏承平悄悄在晏瀚海耳邊說：「皇帝一個月前駕崩了，太子已經登位了。」

晏瀚海心裡有些震驚，瞪了晏承平一眼，這麼大的事情都不告訴他。

「國公爺，不知我們何時可以動身？陛下在京城已準備好宴席為您接風了。」

「陛下還有囑咐你什麼嗎？」晏瀚海想起程萬一家人，總不可能自己走了，留他們在此處。

那人似乎恍然。「傳皇上口諭，程書榆在此次戰役中為國為民，特除流民身分，招為皇商。程家人可以和您一起回京。」

晏瀚海點點頭。「知曉了，三天後啟程。」他看了看堵在家門口的人，皺著眉頭。「你帶著人先去府城，三天後再來接我們。」

晏瀚海說完後，便關上院門，這個時候他們要商量一下程家人的事。

門外的村民都驚呆了，沒想到他們村居然有一個鎮國公。還有傅山，居然也可以離開幽州了？

他們聽到晏家的事時還覺得高不可攀，現在聽到傅山居然當上了皇商，眼裡濃濃的羡慕快要抑制不住。

王家和趙家表情也很複雜，都已經被流放到幽州了，沒想到晏家還能夠翻身。

村長帶著媳婦也在人群中看著，村長媳婦完全是想來看熱鬧，她以為是晏家惹了誰，人家來尋仇，沒想到卻是這種結果。

鎮國公啊！

她突然有點害怕，自己先前惹怒晏家，不知道晏家會不會報復他們？

想到這裡，她馬上拉著村長回家，生怕被晏家人想起有她這麼一個人。

就在村民們議論紛紛的時候，晏家正在商討怎麼回京。

「程老弟，你就跟著我們一起回去吧，書榆估計得到消息也要往京城去。」晏瀚海詢問著程萬。

程萬在心裡默默盤算了，自己的孫女遲早要嫁給晏承平，那麼以後就會留在京城，現在兒子又是皇商，乾脆把生意挪到京城好了，這樣既不耽誤自己看著孫女，也不耽誤兒子的前程。

程萬還是問了一下傅新雅的意見。「兒媳，妳覺得怎麼樣？」

傅新雅似乎有點一言難盡，她一直以為自己這一生都要在幽州度過了，沒想到居然還能有回京城的一天。她聽到程萬的聲音才回過神來，笑了笑。「爹決定就好。」

程萬拿了主意。「行，就去京城。」

和晏瀚海他們一路，路上的安全就不用擔心了。

接下來，程家和晏家這三天都忙著打包行李，拿得走的東西就帶走，帶不走的就送給村民。

程天磊得知消息後回來了一趟，滿眼愧疚地看著程稚清。

程稚清見他欲言又止的模樣問道：「哥，怎麼了？」

「妹妹，哥哥要留在幽州，以後不能陪在妳身邊了。」他的語氣帶著難過和歉意，他本就沒照顧過妹妹，現在又要再次丟下她。

「哥，沒關係的，我們還能見面，京城有爺爺、舅舅和舅娘，你就放心吧！反倒是你，你在軍營可得好好照顧自己。」

程天磊見程稚清沒有生氣的意思才放下心，他揉了揉她的頭，深深看了她一眼。

「如果晏承平欺負妳了，妳告訴哥哥，哥哥拚死也幫妳出氣。」程天磊交代道：「好了，我要回去了，一路小心，你們到京城就傳封信給哥哥。」

程稚清有點感動，重重地點了點頭。

程天磊向程萬和傅新雅告別後，又啟程回軍營。

第三十一章

三日的時光轉眼即逝，約定好的人，已經等在晏家門口。

晏家和程家上了馬車，他們看著住了這麼久的家，心裡感慨萬千。

經過一段時間的趕路，一行人到了京城。

他們坐在馬車中聽著周圍百姓議論紛紛。

「這車上坐的人是誰啊，怎麼這麼大的陣仗？」一人不解地問著身邊的人。

那人扭過頭，驚訝地看著他。「你居然不知道，這車上是鎮國公啊！聽說他是被誣衊的，證據都找到了。」

「是嗎？我就說嘛，鎮國公為國為民，怎麼可能做出叛國的事。」

「可不是嘛，我聽我鄰居說，她家男人上戰場死了，本來朝廷給了撫恤金，就不會再管他們了，結果鎮國公擔心他們孤兒寡母無法生活，年年都送銀子呢！」

晏瀚海坐在馬車上聽著百姓的談論，覺得有些可笑，當初他被流放出京，百姓都恨不得他趕緊去死，結果現在又開始講他的好話了。

他閉上眼睛，裝作沒有聽見這些聲音，馬車慢慢悠悠地終於走到鎮國公府門口。

晏家人下了車，站在鎮國公府門口，心裡都有些激動。

這可是他們待了幾十年的家啊！

他們走進府內，裡面乾乾淨淨的，顯然皇上已經派人打掃過了。

「國公爺，皇上下旨請國公爺晚上去宮中一敘。」

晏瀚海點點頭，示意知道了。

「國公爺，您可回來了。」一名年老的男子眼眶含淚道。

「管家？你怎麼在這裡？」晏瀚海看到來人吃驚道。

「國公爺，自從皇上為晏家平反後，我們這些下人都自發回來了，沒有國公爺，哪裡還有我們這些人。」

鎮國公府的下人，有些是跟著晏瀚海從戰場退下來的人，因為沒有家人，所以就在晏家養老，其他簽了賣身契的人已經被發賣到各個地方了。

「好好好……」晏瀚海感動地說出這三個字。

晏家安排程家人在府中歇下，自己也去休息了，趕了一路終於可以好好歇一歇。

晚上，晏瀚海去宮中參加宴席，其餘人就在家中吃了一頓。

隔天，程稚清帶著晏家人前往亂葬崗，他們找到了那個和晏承安互換身分的孩子。

多虧素言將他們二人互換身分，晏承安才能夠安然活下來，但是那個可憐孩子已經去了。

這恩情不能忘也不敢忘，晏家對孩子和素言都十分感激，明慕青已經派人去尋找素言，現在要先把那孩子好好安葬了。

他們找到那塊石頭處，將孩子的屍骨挖出來，重新安置在買好的棺木中。晏家另外找了一塊風水寶地安葬他，希望他能夠投胎到好人家。

事情處理完後，天色已經不早了，晏家人回到家中，管家拿來許多上門拜訪的帖子。

如今晏家恢復官職，他們看到了晏家的實力，這些天總是有不少人上門攀交情，但都被晏瀚海給回絕了。

他現在就想守著家人過日子，不想管別人的閒事，每天逗孩子、泡茶也挺好的。

「姓阮的，有人來看你了。」詔獄內有聲音響起。

阮弘方渾身上下髒兮兮的，他驚訝地抬頭，想不通誰會來看他。

他不知道為什麼懲處還沒有下來，連二皇子都被貶為庶人終身幽禁，而他們一家卻還被關在詔獄中。

被關得越久就越惶恐，妻子、兒女剛開始還在埋怨他，一家人天天吵吵嚷嚷，隨著時間一天天過去，他們也沒了精力。
晏承平跟在晏瀚海身後走進詔獄，這兒也是他們一家人待過的地方，不知道大伯在這裡過得好不好。
阮弘方一看清來人，連跌帶爬地來到晏瀚海的面前，他跪在地上，手緊緊抓著面前的牢門，激動地喊道：「爹，我……我錯了！您救救我，救救我！兒子還不想死啊！」
阮弘方的妻子和兒女也知曉來人是誰，都哭喊道：「爹，您可要救救我們啊！事情都是他做的，跟我們一點關係都沒有，當初害您的也是他，您看在您孫女、孫子還這麼小的分上，救救他們吧！」
「爺爺，我什麼都不知道啊！您就放我們出去吧！」
「是啊，爺爺，事情都是我爹做的，我們什麼都不懂，您放我們出去，我們一定好好孝順您。」
晏瀚海沒有開口，反而是晏承平嗤笑了一聲。「呵，放過你們？你們當初怎麼沒有想放過我們？我們晏家是哪裡對不起你們了？你們怎麼沒有想著承安才三歲而放他一馬？」
阮弘方沒有解釋，只是一直哭喊著。「我錯了！我混蛋！腦子不清醒，想差了，爹……您就救救我吧！」
他知道晏瀚海如今能回到京城，必定是官復原職，他一句話，他們一家說不定就能夠活下來。晏瀚海心軟，說不定就放他們一馬了。

晏瀚海聽著這聲音，怒吼了一句。「夠了！」

他滿臉複雜地看著阮弘方，從來沒有想過自己收養的兒子居然是這副德行。

「我就問問你，我們晏家是哪裡對不起你，要你這麼對我們？」

這是晏瀚海始終想不透的問題，自從收養阮弘方以後，他從來都沒有對不起他，吃穿用度都和晏修景、晏修遠一樣，到底是哪裡出了差錯，讓他變成今天這樣？

阮弘方看自己求饒也換不來晏瀚海的心軟，他漸漸安靜下來，手抓著牢門緩慢站了起來。

阮弘方抬起頭來，滿眼怨恨地看著晏瀚海。「你說你沒有對不起我？這都是你們晏家欠我阮家的！我父親為了救你而死，不然你為什麼收養我？收養我之後，為什麼不給我改姓？我姓阮，你們姓晏，你們不就是想要我始終記得，我不是你們晏家人嗎？現在又來裝什麼好心？

「你總是說我是晏家的大老爺，那麼鎮國公府的錢都應該是我的！你憑什麼都拿出去給那群窮鬼？」他手指向一旁的妻子。「你們就是看不上我，才給我娶了這個潑婦。還有爵位，你不是想把爵位給晏修遠嗎？可我才是晏家的大老爺，爵位應該是我的！你就是沒把我當成晏家人，如果沒有我親爹，你哪裡能夠坐上這個位置？這一切都是我的，是你們欠我的！」

晏瀚海震驚地後退了兩步，晏承平及時扶住他。

他沒有想到這麼多年來，阮弘方居然是這樣看待他們的關係。他看了阮弘方一眼，這一眼不含任何情緒，似乎這個人跟他沒有絲毫瓜葛。

晏瀚海搖搖頭，不做多餘的解釋，他不顧阮弘方妻子和兒女的哭喊聲，轉身出了詔獄。

晏承平可不像他爺爺好說話，他就是要把事情都說清楚，讓阮弘方死得清楚明白！

「阮弘方，我們晏家可不欠你，反過來說還是你們欠了我們晏家的，你爹可沒有救我爺爺，他是自己死在敵人手下，還多虧我爺爺才保住他的全屍。你到我們家來的時候應該也不小了吧？你娘不要你，結果你的親戚沒有一個願意收養你，我爺爺看你可憐才將你帶回晏家，誰承想你一點也不知道感恩，你以為你自小就搶二叔和我爹的東西都沒人知道吧？那是他們不願意和你計較！」

阮弘方臉倏地一下煞白，搖著頭喃喃道：「不可能，不可能……就是我爹救的，就是我爹救的……」

晏承平沒有理他，接著說：「不改姓？那是因為不想你忘了自己原來姓什麼，不想你忘了你的親爹！你說我們晏家不給你娶好媳婦，你是不是忘了，當初奶奶替你看了多少人家？是誰說這個不滿意，那個不滿意，結果和你口中說的潑婦搞到床上，被眾人發現？還有爵位，我爹和二叔都商量好了，他們誰也不要這個爵位，這個爵位等到爺爺老去後就是給你的。誰是白眼狼一目了然吧？」

爵位給自己？怎麼可能！晏承平一定是騙他的！

對，對，就是騙他的！

阮弘方瘋狂吼著。「現在說這些有什麼用！誰知道你是不是騙我的，對，你就是騙我的！」

晏承平看了一眼在牢房中發瘋的阮弘方，事情都說清楚了，待下去也沒有意義，他轉身出去，將叫喊聲、求饒聲置之腦後。

出了詔獄，晏承平先上了馬車看了晏瀚海。

晏瀚海有些沈默，吐出兩個字。「回吧。」

晏承平這才帶著晏瀚海回府。

兩人到鎮國公府門口，發現門口圍著許多人。

晏承平扶著晏瀚海下馬車，兩人擠到人群中，發現白舒雲和程稚清帶著晏承安、傅安和被圍在人群裡。

「出什麼事了？」晏瀚海看向白舒雲問道。

「我記得妳，是妳說我們家吞了你們的錢，你們才活不下去的。」晏承安盯著眼前的婦人說道。

晏瀚海看了看婦人，似乎也想起這個人是誰。「妳今日來有何事？」

那婦人本想藉著周圍人圍觀訴說一下自己有多慘，現在真面目被揭穿了，她有些掛不住面子，卻還是勉強笑道：「國公爺，當初的事情我也是受人所迫，不是我自願的。」

晏瀚海點點頭。「知道了，還有什麼事嗎？沒什麼事就散了吧，不要擋在這裡。」

那婦人平時都是靠著晏家給的銀兩生活，她拿了別人的錢去誣衊晏家，現在錢花完了，又聽說晏家回來了，就想過來要點銀子。

她支支吾吾半天，什麼也沒有說出口。

白舒雲和程稚清原想帶著兩個小傢伙出門，卻沒想到在門口遇到這個人，她們轉身就想回府。

晏瀚海和晏承平抬腿也跟著往裡走。

那婦人見他們沒有搭理自己，一下子急了便說出來意。「國公爺，我這……家裡生活有點困難，我和孩子都快要活不下去了，不知道……不知道……」

晏瀚海眉頭一皺。「妳是來要錢的？」

那婦人面色有些不悅。「怎麼能說是要錢呢，我家男人過世了，朝廷不是每年都有給撫恤金嗎？」她手往晏瀚海面前一伸。「去年的銀子也沒有給我，國公爺一起給了吧！」

晏承安很生氣，掙脫開程稚清牽著他的手，衝到那婦人跟前。「才不是撫恤金，是我家看你們生活艱難才給你們的。」

婦人瞥了一眼晏承安，並不把他當回事，隨口敷衍了他一句。「小少爺，大人的事情你不懂。」

晏承平抓過晏承安把他帶回程稚清身邊，讓他們先回府。

他走過去和晏瀚海站在一起。「朝廷給的撫恤金只有第一年，接下來的幾年是我爺爺看你們作為軍屬，孤兒寡母生活不易，自己補貼的。」

婦人並不相信，她不信會有人拿自己的錢去補貼別人，她面目猙獰地看著晏承平。「我不信！肯定是你們騙我的，把銀子都吞了。」

晏承平面色淡淡。「這裡這麼多百姓，妳問問就知道了。」

周圍的百姓開了口。「是啊，我從來沒有聽說過撫恤金每年都給的，國公爺居然拿自己的銀子去補貼戰士，可真是好人啊！」

「對啊，我七大姑的兒子也去當兵了，沒回來，只拿了五兩銀子，然後朝廷就再也沒有管過他們死活了。」

「那這麼說晏家可真是好人啊，之前咱們都冤枉了晏家。」

婦人聽見百姓說的話，心中也明白了幾分，但她還是堅持往晏瀚海面前伸手。「你們前幾年都給我了，去年和今年的還沒給，我要是活不下去了，都是你們晏家的錯。」

晏承平嗤笑一聲。「那妳現在就去死吧，沒人攔著妳。之前妳誣衊我們時，應該拿了挺多銀子吧，都花完了？」

晏瀚海看著眼前的婦人開口。「本想著將士為國而死，理應多照顧，我卻沒想到『升米恩，斗米仇』這個道理。回去吧，以後不會有銀子了。」

那婦人不肯接受，在晏家門口大喊大叫。

晏瀚海定定地看了她一眼。「報官吧，官府說應該給錢，我們就給妳。」接著他就和晏承平走進府裡了。

婦人見沒有人理她，周圍的百姓看著她的目光也帶著鄙夷，她更怕晏家人真的去報官，馬上灰溜溜地走了。

周圍的百姓散去後，門口恢復了往日的寧靜。

程家。

「老爺，老爺，我看見了大小姐。」

程明知放下手中的東西，陰沈著臉。「你說誰？」

那人看見程明知的神色，嚇了一跳，磕磕絆絆地說道：「是、是大小姐。大小姐她……

她在鎮國公府。」

程明知點點頭示意自己知道了。「下去吧。」

他走到院子中，環視了一圈這座二進的小宅子，根本比不上程書楠當初買的那個。

這種院子怎麼配得上他的身分？

他想了想，現在除了程稚清，根本沒人知道他們父女已經斷絕關係，現在她又攀上鎮國公府，女兒孝敬父親是常理吧。如果她不願意，那他就把程稚清不孝的事傳出去，看她還有什麼臉待在京城，而鎮國公府也不會再接納她。

何況他已經撕了入贅的書契，他還怕什麼？

程明知理清思路。「來人，給我備馬，去鎮國公府。」

「國公爺，門口有人說要見程小姐。」管家悄聲和晏瀚海說道。

「誰？」晏瀚海問道。

「他自稱是程小姐的父親。」

程稚清剛好聽見這句話。「我父親？」

晏瀚海本想悄悄處理這件事，誰承想讓程稚清聽見了。

「程明知在門口說要見妳。」

程稚清沒有生氣，她倒是想看看程明知來做什麼。

「讓他進來吧。」程稚清對著管家說道。

晏瀚海擔憂地看著程稚清，自從流放後，他就把程稚清當作自己的親孫女，他孫女有這種無情的爹，如今還敢找上門來。

「小清啊，不想見可以不見，不要勉強自己，爺爺幫妳打發了他。」

「晏爺爺，我沒事，我就是想看看他還想做什麼。對了，晏爺爺，舅舅和晏叔叔什麼時候回來？」程稚清來找晏瀚海就是為了問這件事，誰料到會聽見程明知的消息。

晏瀚海見程稚清不像是很在意的樣子也稍微放心了。「妳舅舅把江城的生意都囑咐好就立即啟程，算算路程應該快了，這兩天就要到了。」

程稚清點了點頭，晏瀚海悄悄瞄了她一眼。「咳咳，小清啊，我還有點事，如果程明知對妳不利，妳就喊人把他給綁了。」

程稚清哭笑不得，她自己就有能力把程明知給一拳揍飛，哪裡需要煩勞鎮國公府的人，不過聽著晏瀚海充滿關心的話語，她還是點了頭。

晏瀚海看似閒庭信步地走出屋子，在程稚清看不見後，腳步變得飛快，衝進另一間院子。

「程老弟，程老弟！」

是的，他現在還是外人，不好插手程稚清的事情，那就讓程萬這個親爺爺來插手。

程萬聽到聲音有些驚訝，他邊走邊問：「怎麼了，出什麼大事了？」

晏瀚海抓住他的手，拉著他就要往程稚清的方向去。「快、快，你那個白眼狼女婿要來欺負小清了。」

程萬一聽怒了。「你說什麼？程明知來了？他居然還敢來，這個不要臉的東西！走走走！」

現在變成程萬拉著晏瀚海快速往前走。

就當兩人快要到的時候，晏瀚海拉住他。「等等，我們先躲在一邊，看看那個白眼狼要跟小清說什麼。」

程萬極為贊同地點點頭。「對，就這麼辦。」

兩人躡手躡腳地悄悄躲在門的一邊，下人們只好裝作自己看不見。

此時，程明知已經被人帶到程稚清的面前。

「找我做什麼？」程稚清面無表情地看著程明知。

「我是妳爹，妳怎麼跟我說話的？」程明知顯然有些氣急敗壞。

程稚清詫異地看著他。「你不會忘了，我們已經簽了斷絕關係的文書吧？」她繞著程明知走了兩圈，上下打量著。「看著也沒病啊，怎麼說出這麼沒腦子的話。」

程明知極力壓抑著怒火。「不管怎麼說，妳身體裡都流著我的血，我是妳父親這點妳不可否認，我看妳現在攀上鎮國公了，給我五萬兩，我就再也不會聯繫妳，不然，別怪我把事情做絕了！」他臉上帶著狠毒的表情。

程明知住在那個宅子，離皇宮又遠還小，家裡人天天吵個不停，說他沒用、窩囊廢，他的怒火便全都發洩到程稚清身上。

他現在已經沒有翩翩公子溫文儒雅的模樣，有的只是氣急敗壞的小人模樣。

程稚清差點笑出聲來。「你真是好大的臉，五萬兩？你怎麼會覺得我有這麼多錢？要是我真的有，我也不給你。我身體裡流著程家的血，可不是你的。你別忘了，你是入贅進我程家，連姓都改了，還在這裡裝什麼？」

其他的人見晏瀚海和程萬躲在門口偷聽，一個接一個跟過來，也學著他們的樣子躲在門口。

這時一輛馬車緩緩停在程國公府門口。

晏修遠和程書榆走了進去，管家迎了上來。「大老爺，您終於回來了。這位是程公子吧？」

程書榆點了點頭。

他們有些疑惑怎麼沒有人出來迎接，明明寫信問他們什麼時候回來，寫得那麼勤，現在卻連個人影都沒有。

「我爹他們呢？」晏修遠問道。

管家露出一臉複雜的笑容。「國公爺有事在忙，我帶大老爺和程公子去看看。」

管家把他們帶到程稚清所在的房間，他們看到門口蹲了一個又一個的人，有點震驚。

「這是怎麼回事？」晏修遠問道。

「聽說是程小姐的父親來了，國公爺怕程小姐受欺負，特意在門口察看情況。」管家說完就先走了。

程書榆聽見此話，眼中射出寒光，也跟上去蹲在門口聽，屋內傳來程明知的聲音。

「我告訴妳，別給妳臉不要臉，我要是讓京城人都知道妳是個什麼樣的人，我看鎮國公府還會不會留妳在府中。」

程書榆忍不住，衝了進去。「你倒是說說她是什麼人？」

程明知看著突然衝進來的人嚇了一跳，他快速恢復表情管理，皺著眉頭問道：「你是何人？我教訓自己的女兒關你什麼事？」

程萬此時也走進房中。「不認得他，總應該認得我吧？」

程明知看著眼前之人終於想起他是誰，震驚地後退兩步，怎麼也沒想到這個人居然會在這裡。「你、你怎麼會在這裡？你不是、不是……」

程萬冷哼一聲。「不是什麼，不是在江城嗎？要不是我孫女來江城找我，我還真不知道這世上竟然有你這樣禽獸不如的父親。」

程明知定了定心神。「你一介百姓怎麼和我這個當官的鬥，當年我能做到的事情，現在一樣能夠做到。」

程稚清奇怪地看了他一眼，這個人都不想想為什麼她和爺爺會在鎮國公府，他居然還敢在此這麼囂張。

「你還敢說？書楠是不是你害死的？」程書榆聲音冷如冰。

程明知不屑地看了程書榆一眼。「是又怎麼樣，誰讓她礙著我的路了，如果不是為了錢，誰會入你程家的門。」

程萬氣得說了幾聲。「好好好，報官，讓京城人都看看，禮部侍郎竟是道貌岸然、謀害髮妻之人。」

程明知不以為然，這老頭說話有什麼用。「你覺得官是會信你，還是會信我這個禮部侍郎？」

程稚清從袖中拿出入贅的書契在程明知面前晃了晃。「有這個，你就當不成官了吧？還記得這個是什麼嗎？你的入贅書契呀！」

「妳怎麼還有，妳不是給我了嗎？」程明知狂怒。

「這麼重要的東西當然給你假的呀，不然怎麼應對今天這種狀況，你說對吧？我斷絕關係的父親。」程稚清臉上帶著嘲諷的笑。

程明知閉上眼睛深呼吸幾下，再次睜開眼。「妳把書契給我，我就放過你們一家人。」都到這個時候了，他還覺得自己的身分能夠壓住程稚清。

程稚清眼神一冷。「是我不放過你，你害死了我娘，還想好好地從晏家走出去嗎？」門口，晏修遠帶著官差走了進來，他剛回來還沒歇息，就被老爹叫出去跑腿。

「就是他，禮部侍郎程明知，謀害髮妻，以入贅的身分入朝為官。」

官差一看自然知曉要抓誰了，鎮國公可是皇上面前的紅人，任誰都能夠看出來皇上尤為相信鎮國公一家，不過區區禮部侍郎而已，竟然敢在鎮國公府鬧事。

官差上前一步。「侍郎，請。」

程明知沒想到程稚清他們居然真的敢報官，往後退了一步。「你想做什麼？憑什麼抓我？」

官差沒有跟程明知多廢話，直接揮了揮手示意手下上前抓人，他們一左一右扣住程明知的兩個胳膊，就把他帶往衙門。

第三十二章

程明知被押到官府中跪下。

「堂下何人，為何吵吵嚷嚷！」坐在臺前的大人質問下面的人。

程明知抬起頭。「我乃禮部侍郎程明知，還不趕緊放開我。」

大人一聽，仔細看了一眼程明知，似乎是有些眼熟，還沒等他說話，程稚清便站了出來。

「大人，此人入贅我程家，卻還能入朝為官這於理不合，且他親口承認害死我母親，求大人做主。」

門口的百姓圍了一圈。「天啊，怎麼會有這種人，入贅還敢來當官。」

「可不是嘛，我看他就不像一個好人。」

「肅靜！肅靜！」大人一臉嚴肅地看著程稚清。「不知妳剛才所說可有證據？」

程稚清拿出入贅書契呈給大人，其餘的事情她沒有證據，但憑著這一份入贅書契，就可以讓程明知的官做不成。

大人看了一眼手中的書契，問程明知。「程明知，你可有話說？」

程明知雙眼通紅，惡狠狠地看著大人手中的書契，大喊：「這是她偽造的，是假的！」

程稚清淡淡道：「是不是假的，去江城一查就知道了。」

大人點頭，示意將程明知先押入牢獄中，因為入贅者入朝為官這件事還是第一次發生，要將此事上報皇上，讓皇上定奪。

眾人從官府回去之後，才有時間敘舊。

稍晚，這位大人前往皇宮將此事上報給皇上。

「陛下，今日有人前來，指控禮部侍郎程明知入贅程家後，竟還入朝為官，殺害髮妻。」

晏承平聽到「程明知」三字臉色一變。

皇上看著他變了又變的臉色，詢問了一句。「承平這是怎麼了？」

「陛下，臣的未婚妻正是這禮部侍郎的女兒。當初晏家遭誣陷，臣與她和離後，程大人擔心晏家會影響他的前途，便與臣的未婚妻斷絕關係了。」

皇上若有所思地點點頭，他想著之前的事，還沒有感謝過程稚清，不如就用這件事感謝她吧。

「有證據嗎？」

大人從袖中拿出入贅書契呈給皇上，皇上看了一眼，隨手將書契放於一邊。「去查查吧，大魏不需要這種靠著女人上位卻不知感恩的官員。」

跪在地上的人立刻明白他的意思，就是秉公辦理，不需要管程明知是不是什麼禮部侍郎。

「是！」

時間到了晚上，嚴秀蘭見程明知還沒有回來，便招來下人。「老爺今日去往何處？怎麼到了現在還沒有回來？」

話音剛落，只見一個下人倉皇失措地跑進來。「夫人、夫人……老爺被抓了！」

嚴秀蘭驚訝地站起身子。「什麼？誰被抓了？」

「老爺被抓了！老爺今日知曉大小姐在鎮國公府，想去鎮國公府看看大小姐，誰知大小姐直接報官了。夫人，您可要救救老爺啊！」那人跪在嚴秀蘭面前，哭得涕泗橫流。

嚴秀蘭愣在原地，連什麼原因都沒有問，好半晌才回過神來。「備車，去清遠侯府。」

嚴秀蘭連衣服都沒有換就直接趕回娘家，她雖不喜娘家，但除了她爹，真的沒有人可以救程明知了。

「爹，求求您，救救您女婿吧！他被鎮國公府的人抓起來了。」嚴秀蘭來到書房跪在她爹面前。

清遠侯冷眼看著跪在地上的女兒，要不是她當初偏要嫁給程明知，他也不會成為全京城的笑話！

「妳可知程明知為什麼被抓進去？」

「得……得罪了鎮國公府？」嚴秀蘭表情懵懂地回答道。

清遠侯一看都這時候了，他這個女兒還不明白怎麼回事，怒拍手邊的桌子。「妳嫁給了一個入贅的男人！現在這個入贅的男人還入朝當了官！全京城都知曉這件事了，皇上震怒，要求詳查。妳讓我怎麼救？」

嚴秀蘭聽到「入贅」這兩個字，只覺得頭有些發昏，腿一軟癱坐在地上，喃喃道：「不可能，不可能……怎麼可能是入贅呢？」

不過她忽地想起來，之前程明知從來不肯讓他們去他原配妻子的院子，難道不是有鬼？

清遠侯看見她這樣子，終究沒說出什麼更狠心的話。「行了，妳要是想活下去，就趕緊和程明知和離。」

嚴秀蘭不知道自己怎麼走出侯府的，她失魂落魄地坐上馬車吩咐車伕前往牢獄，可是牢獄已經得到命令，誰也不許看望程明知。

她沒有辦法只好回到家中，沒想到連住家周圍也有許多人看守。

嚴秀蘭走進門，沒有一個人阻攔她。

程婉柔見她回來，連忙跑上前。「娘，怎麼回事啊？怎麼我們家門口有這麼多人圍著？」

嚴秀蘭滿臉的疲憊。「妳爹被抓了。」

程婉柔大吃一驚。「怎麼回事？為什麼會突然被抓？」

嚴秀蘭眼中散發出怨恨的光。「都怪程稚清那個小賤人，自己的親爹都敢報官舉發。」

「什麼？她不是沒有消息了嗎？怎麼突然又回到京城了？」程婉柔看著嚴秀蘭沒有說話，憤憤道：「我去找她，看我扒了她的皮。」

程婉柔起身就要往外走，沒想到被門口的人拿劍給逼了回去，她尖銳的聲音響徹整個院子。「你是誰啊，在我家門口做什麼？我們又沒做什麼事，憑什麼囚禁我們？」

嚴秀蘭聽到喊聲，心裡暗罵了一句「蠢貨」，都這個時候了，還不知輕重，她連忙出去將程婉柔給拉回去。

「娘，您拉我做什麼？我非要跟他們說個清楚。」程婉柔臉上盡是不滿的神色。

「夠了！都什麼時候了，妳要是想直接死在他們手下，那妳就去。」嚴秀蘭吼了她一句。

程婉柔根本沒有想過她娘會因為這件事吼自己，冷靜了一下，她也認知到事情的嚴重性。

「娘，那我們現在該怎麼辦啊？爹是不是犯了挺大的錯啊，我們就這樣被困在這裡嗎？」

嚴秀蘭的表情逐漸複雜，腦海中回想著她爹告誡她的話，讓她早點和離，想到這裡，她不禁露出一個嘲諷的笑。

和離？她現在被困死在這個小宅子中，哪能和離？

時間一天天過去，在這段時間，阮弘方一家被賜了毒酒。

晏瀚海雖然嘴上說和他們沒有關係，卻還是為他們收屍。

而程明知的事情也調查清楚了，皇上派人抄了程明知的家。

嚴秀蘭在這座小宅子戰戰兢兢生活這麼多天，有天，突然有許多人衝了進來。

嚴秀蘭緊緊抱著自己的兒子大喊道：「你們要做什麼？」

領頭的人輕蔑地看了她一眼。「程明知不顧朝廷律法，欺上瞞下，毒害髮妻。現奪其官職，抄其財產，發配祖籍。」

嚴秀蘭聽見這番話，大喊道：「我要和離！我要與程明知和離！」

領頭之人輕笑一聲。「皇上有令，清遠侯之女嚴秀蘭，在程明知髮妻死後未滿七天便堅持嫁給程明知，想必情比金堅，皇上不忍拆散如此有情有義之人，特許清遠侯之女跟隨程明知回歸祖籍。」

這懲罰還是皇上特地詢問過程稚清，程稚清覺得直接弄死程明知，太便宜他了。她就是要程明知享受過富貴後，再去嚐嚐那生不如死的日子。要他天天生活在絕望之中，夫妻不和，子女不孝。

程婉柔根本接受不了，發瘋般大叫。「我不是程明知的女兒，你們快放了我！你去抓他們啊！跟我一點關係都沒有。」

嚴秀蘭聽到此番噩耗已經有些撐不住，又聽到女兒如此令人心寒的言語便直接暈了過去。

待她再次醒來之後，人已經在城外了，她睜眼就看見程明知和兒子、女兒不知道在吃什麼，竟然沒有一個人照看自己，她不禁有些心寒。

「娘，妳也太沒用了，妳暈了倒好，留我們揹妳，我們哪裡揹得動啊！」

程婉柔沒有說話，淡淡掃了一眼嚴秀蘭，便將頭扭到一邊去了。

嚴秀蘭裝作沒有聽見這話，她虛弱的聲音響起。「有沒有水？」

「娘，妳就忍一忍吧，這水一天都是有限的，妳喝了，我們喝什麼啊？」

嚴秀蘭震驚地看著兒子，沒想過會從他的嘴裡聽到這些話，過往給他吃好的、喝好的，恨不得將他放在心尖上疼愛，卻沒想到養出一頭白眼狼。

她苦笑，難道這就是報應嗎？

即使如此，她還是捨不得說自己的兒子，將矛頭轉向在一旁裝死的程明知。

「都怪你，要不是你去招惹程稚清，哪裡會發生這種事？」

程明知在牢獄裡生不如死，現在能夠活下來便是最大的慶幸了，他不耐煩地朝嚴秀蘭罵道：「妳當初那麼對她，妳以為她不會回來報復妳？如果她不報復妳，皇上為什麼讓妳跟著我回祖籍？」

嚴秀蘭愣住了。

是啊，當初晏家遭了那麼大的罪，程稚清都能夠和離，她為什麼不能？不就是因為程稚清報復她前些年對她的虐待嗎？

隨著程明知的倒臺，程書榆回江城把李家人全都收拾了，並把自家的祖宅買回來，雖然他們以後決定在京城生活，但還是想留下祖宅。此外，他還陪著妻子回到幽州，將岳父的墓遷回京城，和岳母葬在一起。

程書榆和傅新雅從幽州回來後，覺得總住在晏家不像話，就在晏家隔壁買了宅子，這樣既圓了程萬就近照看程稚清的心願，也方便程稚清回娘家。

自從程家搬走後，晏承平見程稚清就沒有那麼方便了，因為程家舅舅見他還沒有成婚的打算，看他的眼神怪怪的，總覺得他是個負心漢，然後以各式各樣的理由阻止他見程稚清。

夜幕降臨，四周一片寂靜，晏承平等到大家都睡了後，悄悄翻牆來到程稚清的院子。他見程稚清房中的窗子沒關，直接從窗戶翻進去，雖然這樣是小人行徑，但是他也沒有辦法了。

程稚清聽見動靜，飛快從袖中拿出一把精緻小巧的弓弩對準窗子方向，神色冷厲。

「誰？」

這把弓弩還是晏承平回京後，找了玄鐵為程稚清打造的。

晏承平快速站穩，立即出聲。「是我。」

他如果再不出聲可能就要被當成採花賊，那麼以後進程家就不會像今日這麼輕鬆。

程稚清聽見熟悉的聲音，驚訝地放下手中的弓弩，她走上前問道：「你怎麼來了？」

晏承平見她語氣淡淡，忍不住開口問道：「妳這麼多天沒有見到我了，一點都不想我嗎？」

程稚清聽著晏承平略帶委屈的語氣，只覺得有些好笑，忍不住翻了一個白眼。「我們不是三天前才見過嗎？哪裡有很多天，你也太誇張了。」

晏承平牽著程稚清的手，含情脈脈地看著程稚清。「一日不見如隔三秋，我都三日沒有見到妳了，妳算一算這都多久了？」

程稚清看著晏承平這做作的姿態，簡直要吐出來了。「打住，打住，你給我正常點說話，不然休怪我把你趕出去了。」

晏承平一聽，立刻恢復正經。「好了，不鬧了。妳打算什麼時候嫁給我？舅舅最近看我的眼神都不對勁，好像我們家發達就不要妳了，這怎麼可能呢？要是我敢做這種事，爺爺、奶奶包括爹娘一定先把我逐出家門。再說了，應該是我生怕妳不要我，我怎麼可能不要妳？我們再不成親，舅舅估計都要帶著妳跑了……」

晏承平沒有逼婚的意思，他說過會等程稚清，不管多久都會一直等下去。

程稚清好笑地看著他，沒想到他專門翻牆進來就是為了跟她抱怨這些事，她看著晏承平，突然開口道：「那我們就成婚吧。」

晏承平話還沒有說完，聽到程稚清說的話，直愣愣看著她，簡直不敢相信自己的耳朵。

「妳……妳說什麼？」

程稚清看著晏承平呆愣的樣子，雙手握著他的手，認真道：「我說，我們成婚吧。」

晏承平覺得自己彷彿被這巨大的驚喜給砸暈了，他現在似乎什麼也不會了，腦中一片空白，他站了起來，在房中來回走動。「成婚，成婚……成婚要做什麼來著？」

程稚清覺得他還沒有走暈，自己可能就要被他給轉暈了，她拉住晏承平。「好了，你今晚先回去睡一覺，明天上門提親就好了。」

晏承平看著程稚清的眼睛，看著她瞳孔中那個小小的倒影，慢慢地冷靜下來了。

「對。」

他拉著程稚清把她按在床上，為她蓋上被子，低頭俯身吻了一下她的額頭，清亮的眼神看著她。「妳先睡，明天我就上門提親。」

說完後，他再次翻窗而去，回到自己院子的時候，還因為過於開心而撞到頭。

程書榆看著晏承平翻牆而去的背影，扔下手中的棍子，冷哼一聲，回到房中。

傅新雅笑了笑。「回去了？」

程書榆解開衣服回答道：「剛走，還敢翻牆過來，要不是看他有點分寸，我就拿著棍子衝進去，非得把這個小子的腿給打斷！」他還不忘加一句。「明天我就叫人把我們家的圍牆加高，再加上刺，我看他還怎麼進來。」

傅新雅聽著程書榆這幼稚的話也沒搭理他，自顧自睡了。

晏承平激動得一晚上沒有睡，在院中蹓躂半晌，又去庫房瞧了瞧，最後在天快亮的時候，等在晏瀚海房門口。

晏瀚海一出門，就被蹲在門口的晏承平給嚇了一跳。「你小子在這裡做什麼？」

晏承平臉上不自覺露出傻乎乎的笑。「爺爺，奶奶醒了沒？」

屋內的白舒雲聽到晏承平的聲音，走出房門。「承平找我什麼事？」

說實話，他們老倆口看見晏承平都有點嫌棄，回京這麼久了還沒能把稚清娶回家，實在太沒用了。

「奶奶，稚清答應我了，她答應嫁給我了！」

白舒雲和晏瀚海聽到這個消息也都喜出望外。「哎喲，真的啊，那我們可得好好準備了。」

晏承平突然想起什麼就要往外走。「奶奶，您幫我告訴我娘一聲，等我回來，我們就去提親。」

兩老都有些摸不著頭腦，不知道他去做什麼了。

晏承平騎了馬就往皇宮去，等到宮門一開，他就往裡面走，一臉嚴肅。

宮人瞧見他這副模樣以為發生什麼大事，忙著稟告皇上。

皇上一聽，想了想最近似乎沒有什麼大事，但是瞧著下人形容的樣子，也不自覺加快了腳步。

晏承平見到皇上就想行禮，皇上擺了擺手示意不用了。

「承平今日前來找朕有何事？」

只見晏承平滿臉嚴肅。「皇上，皇上先前答應給臣和未婚妻賜婚，現今臣的未婚妻已經答應了，還請皇上賜婚。」

皇上有點無語，他沒想到晏承平急匆匆一早來找他竟然只是為了這件事，不過想到自己當初娶媳婦的心態也能夠理解，他大手一揮，給晏承平寫了賜婚聖旨。

皇上將聖旨交給晏承平，本想和晏承平聊兩句，誰料他似乎火燒屁股似的就往外跑。看著晏承平心急火燎的背影，他不禁失笑。

晏承平回到家中，只見一家人都在為他的事情忙碌，他拿著聖旨。「奶奶，娘，我們什麼時候去程家提親？」

白舒雲和明慕青還在清點給程稚清的彩禮，頭都沒抬，敷衍道：「等一下，等一下，現在還早呢。」

晏承平聽見此話只好坐下等，可是坐沒多久又忍不住上前察看。

明慕青感到煩了。「你給我消停些，你越來勁，我們越慢。」

天色已然大亮，晏承平看著天色，心裡暗暗著急卻也不敢催促。

等到白舒雲說可以出發，晏承平像隻兔子蹦起，任誰都能看出他心急如焚，急不可耐。

提親這樣的大事，晏家巴不得所有人都去。本來提親需要媒人，因為晏承平實在著急，加上晏家一時半刻找不到符合心意的媒人，所以晏家人就自己上了。

晏瀚海夫婦和晏修遠夫婦帶著晏承平登了程家的門。

程書榆見他們這麼大的陣仗，心裡也知道他們是為了什麼而來。但是他身為舅舅看著自家小白菜要被豬拱了，心裡確實不太好受，所以看著晏承平的目光自然不太友好。

晏承平擔心程家會覺得沒有找媒人上門不合規矩便拿出賜婚聖旨，以表示他對程稚清的重視。

程書榆和程萬看著聖旨，眼中的複雜不言而喻，本來還想刁難一下晏承平，現在可好，聖旨都拿出來了，還刁難什麼？不嫁也得嫁了。

程萬良久沒有說話，他看著晏承平說了一句。「你寫一張書契，如果將來對稚清不好就與她和離，讓她回家。你知道我們家比不上你家有權有勢，所以我們要為稚清留一點保障。」

程稚清躲在屏風後面，看著自家人為自己做的事，忍不住紅了眼眶。

晏承平雖然知道自己絕對不會辜負程稚清，但是為了讓程家安心，還是寫了書契交給程萬保管。

有了這份書契，接下來的事情都很順利，雖然他們已經成過一次婚了，但晏承平還是想給程稚清最好的。

上一次的婚禮，程明知一家都不是很在意，而這一次不一樣，所有事情都是程萬、程書榆和傅新雅親自操辦，半點都馬虎不得。

所有的流程走完，時間也過去了小半年。

大婚這日，傅新雅從床上把程稚清給拉起來。

程稚清還睏著，撒嬌道：「舅娘，再讓我睡一會兒，就一會兒。」

傅新雅平時都任由程稚清睡，但是今天不行，她強硬地把程稚清從床上拉起來。

「快起來，這麼重要的日子還睡。」傅新雅伸手輕輕點了一下程稚清的額頭。

程稚清微微張開眼，發現天都沒有亮，哀號道：「為什麼成婚要起這麼早啊？」

接著程稚清就被人按住，做了妝髮、穿上衣服，也不知過了多久，她只覺得自己又睏又累，突然聽到外面傳來聲音。

「快、快，新郎來接親了。」

程稚清瞬間提起精神，正襟危坐。

「想要娶我妹妹，還要過我這一關。」

自程稚清定下成婚的日期後，程家就傳信給程天磊，程天磊上次沒能趕回來，這一次生怕耽誤，早早就回來了。

晏承平和程天磊切磋了幾下，程天磊就放他過去了，畢竟今天大喜的日子不能弄得新郎不好看。

程稚清拜別了親人，晏承平拜見了程萬和程書榆夫婦後，由程天磊揹著程稚清出嫁。

程萬在程稚清踏出程家那一刻，就躲到為程書楠而設的佛堂中。

「妹妹，妳要是過得不好就告訴哥哥，哥哥不管怎麼樣都會把妳搶回來的。」程天磊低沈的嗓音從程稚清身下傳來。

程稚清不知道是不是氣氛到了，怕自己一個出聲就哭了出來，只是「嗯」了一聲。

程天磊將她放在轎子上後，很快就起轎了。

因為程家和晏家實在離得太近，而晏承平又想讓所有人都知道他們成婚了，所以便讓隊伍繞京城走一圈，再回到晏家。

程稚清坐在轎子中，和她剛穿越過來完全不一樣的感覺，同樣的吵吵鬧鬧，同樣的搖搖晃晃，可是她卻從這些吵鬧、搖晃中嚐到了一絲甜蜜。

終於到了晏家，拜完堂後，程稚清就被送入洞房。

只聽見門「吱呀」一聲，兩個小小的身影悄悄溜進來，來到程稚清面前。

「程姊姊，妳以後就是我嫂嫂啦。」晏承安有些小得意的說道。

回到京城改過姓氏的程安和，也不甘示弱地道：「我以後也有表姊夫了。」

程稚清笑了笑，程安和這個小傢伙得知她要嫁人了，還在家裡哭了幾天，嚎著不讓她嫁人，突然有一天就不哭了，原來是這樣。

晏綺南端了一碗麵進來讓程稚清先墊肚子，她待了一會兒看時間差不多了，就帶著兩個小傢伙出去了。

晏承平搖搖晃晃地進了洞房，在喜婆的引導下完成一系列的儀式。

等其他人都離開之後，晏承平認真地看著程稚清。

程稚清看著他清醒的模樣哪有一絲醉意，這才回過神來。「你沒醉啊？」

晏承平抱住程稚清，頭輕輕靠在她的頸窩處，低聲笑了一聲。「今晚可是洞房夜，春宵一刻值千金，妳說我怎麼敢醉呢？」

他低沈的嗓音在程稚清耳邊回響，她莫名感覺自己有些醉了。

晏承平輕輕壓倒程稚清的身子，程稚清能夠清楚看見他眼中那個穿著喜服的自己，他眼中還有其他東西有些看不真切。

晏承平俯下身子，呢喃了一句。「我會輕輕的，別怕。」

就這麼一句，程稚清覺得自己莫名有些羞澀。

春宵一刻值千金，晏承平是真真切切做到了，不浪費一絲一毫的時間，整個夜晚，程稚清都在晏承平的帶領下，在快樂的海洋中沈浮。

幾年後。

兩個眉清目秀的男孩對著樹上的人無奈道：「果果，快點下來，不然嫂子又要教訓妳了。」

樹上的人兒一轉身，背對著樹下的人，奶聲奶氣說：「我就不下去，誰讓娘親壞。」

樹下的人都有些緊張，生怕她一個不注意就摔下來。

一道沈穩的聲音響起。「這是怎麼了？」

程安和轉過身。「姊夫，果果她想跟著小柏一起去上學，表姊不讓，她跟表姊鬧脾氣被訓了幾句，就爬到樹上去了。」

晏承安和程安和不是不會爬樹，實在是她爬得太高了，他們怕萬一沒有抓穩她，大家一起摔下來就不好了。

晏承平低聲「嗯」一聲，飛身上樹直接拎著小傢伙的後衣領把人抓下來，小傢伙剛開始還有些害怕，但是見到自己在飛的時候瞬間就開心了。

「哇！我在飛，爹爹再來一次，再來一次。」

府內的人聽到果果上樹的消息都趕了過來，就連隔壁程家的人也都來了。

他們左看看、右瞧瞧，見小傢伙沒有什麼事就放心了，正要安慰小傢伙幾句，就聽見了程稚清的聲音。

「好啊，現在訓妳兩句都敢上樹了！小安去裝一碗水過來。」程稚清瞪了小傢伙兩眼。

晏承安猶豫道：「嫂子，果果還小……」

話還沒說完，就見程稚清的眼刀飛了過來，他不敢再多說什麼，馬上按照他嫂子的吩咐辦事。

小傢伙一聽，眼中帶著眼淚，可憐兮兮地看著兩個太爺爺和太奶奶，畢竟平時他們最疼她了。

可是太爺爺和太奶奶偷偷瞧了一眼程稚清，也不敢多說什麼。

他們也很怕程稚清，因為她會開最苦的藥給他們，他們雖然心疼，但是看在教育孩子的分上，忍一忍也就過去了。

在場的人一個個都找藉口溜走了，生怕看著小人兒受苦，忍不住求情，然後陪著一起受罰。

果果見人都走了，像個小大人一樣嘆一口氣，可憐兮兮地垂頭等著受罰。

她絲毫沒有想讓她爹幫她的意思，因為只要犯錯了，她爹絕對幫著她娘，甚至可能為了討她娘歡心，罰她罰得更狠。

「來，頂上，一個時辰，要是掉了就再加一個時辰。」程稚清不容反駁的聲音響起。

果果試圖用眼淚讓她娘收回懲罰，但是沒用，只好頂著碗站在樹下。

一個時辰很快就到了，晏家人和程家人數著時間又來了，他們圍在小人兒身邊關心。

程稚清看著被圍在中間的果果，問晏承平。「你會不會覺得我是個後娘？對果果這麼凶，說罰就罰。」

晏承平溫柔地看著程稚清，她還是以前的模樣，歲月幾乎沒有在她臉上留下痕跡。「妳如果是後娘，我就是後爹。孩子就是要教，不然憑著家裡人對她寵愛有加的樣子，遲早養成仗勢欺人的性子。我覺得妳做得一點都沒錯，如果妳心疼，以後教孩子的事情就讓我來。」

程稚清狐疑地看了一眼晏承平，瞧他毫不心虛的模樣，捏了他一下。

誰知道他說的是真心話還是假話，但他寵女兒也是不輸爺爺他們，反正這些話都是哄她開心的。

晏承平看著程稚清又開心起來了，笑著摟她的腰。

一旁的果果瞧見了，手捂著眼睛稍微露出一點縫隙。「爹爹又抱抱娘親啦！爹爹又抱抱娘親啦！」

一家和樂融融。

——全書完

2022年11月出版

姑娘深藏不露

文創風 1115~1116

七妹剛從村裡逃出來，初出江湖，自是不知險惡，
遇到有人求助，她定是二話不說，伸出援手，
但世上的人，不是每一個都像她那般單純。
於是她懂了，凡事不可輕信，在這險峻江湖，她要靠自己！

有一種愛情叫莫顏，有笑也有甜／莫顏

安芷萱一開始並不叫這個名字，而是叫七妹。
七妹出生在溪田村，爹娘死後被二伯收養，
誰知無良二伯和村長勾結，一心只想把她賣了賺錢。
她才不願讓他們得逞呢，天下之大，何處不能容身？
她乘機逃脫，路上偶然得到法寶幫忙，
原以為靠著法寶，她可以美滋滋過著自己的小日子，衣食無憂，
誰料得到，竟是將她拉進一連串驚心動魄的旅程……
易飛身為靖王身邊的得力護衛，什麼江湖高手沒見過？
誰知一個看似無害的姑娘，竟讓他有如臨大敵的感覺。
易飛覺得安芷萱很可疑。「她一路跟蹤我們，神出鬼沒。」
好夥伴喬桑狐疑道：「可是她沒有內力，也沒有武功。」
安芷萱趕緊附議。「我是無辜的。」
易飛認定這姑娘有問題。「她掉下萬丈深淵，竟然沒死。」
軍師柴子通捋了捋下巴的鬍子。「丫頭，妳怎麼說？」
安芷萱回答得理直氣壯。「我吉人自有天相，大難不死！」
一旁的護衛們交頭接耳，還有人說她是東瀛來的忍者……
安芷萱抗議。「怎麼不說我是仙子？」
靖王含笑道：「小仙子是本王的救命恩人，不可無禮。」
安芷萱眉開眼笑。「殿下英明。」
易飛冷笑，一雙清冷眉目瞪著她。妳就裝吧，我就不信查不出妳的秘密！
安芷萱也笑，回瞪他。你就查吧，看我怎麼玩你！

人生若只如初見，何事秋風悲畫扇／不繫舟

2022年10月出版

撿到潛力股相公

文創風 1109～1110

她當機立斷，花幾個銅板擬好婚書就把自己給嫁了，
而現成的相公正是那個她救回家養傷的瘦弱少年郎！
雖然至今昏迷不醒，但她已認出他是誰，這樁婚事將來穩賺不賠……

大力少女幫夫上位／晏梨

不速之客上門認親，聲稱她是工部陸大人失散的親生女，蕓娘反應出奇冷淡，
毫不猶豫關門送客，對那官家千金所代表的富貴榮華無動於衷！
開什麼玩笑，誰說認祖歸宗才有好日子過？
重活一世，她已不稀罕當那個被自家人欺負、最終短命而亡的柔弱千金，
姑娘有本事自力更生，憑著養父留下的殺豬刀，以及天賦異稟力大如牛的能耐，
當村姑賣豬肉何嘗不是好選擇？小日子勢必比悲摧的前世過得有滋有味～～
只是本以為裝傻能阻絕陸府的騷擾，怎料事情沒這麼簡單，煩心事接二連三，
無良大伯還來摻一腳，籌謀著想把她賣給隔壁村的傻子當媳婦，
想來她得先下手為強把自己嫁了，名義上有了夫婿，看以後誰還敢算計她！
好在身邊有個最佳的相公人選，正是她從雪地裡救回的落魄少年顧言，
雖說他有傷在身至今昏迷不醒，但已花了她不少銀兩及心力救治，
也該是他「以身相許」回報的時候了……

2022年10月出版

田邊的悍姑娘

文創風 1107～1108

雖然穿越到古代，但她沈瑜實在做不來那繡花小意的事，
她就種種田、打打怪，說不定還能為自己掙一個官兒來做做呢！

風拂過田野，聞到愛情的甜／碧上溪

沈瑜剛穿越到窮得響叮噹的沈家，就立刻體會到親情的殘酷。
娘親辛苦生了她們三姊妹，爺奶不疼便罷，父親死後就把她們當奴僕使喚，
原主菩薩心腸可以忍，但她可不是那種打落牙齒和血吞的弱女子，
欺人太甚的沈家，她絕對要他們加倍奉還！
她在沈家颳起的風暴，讓周圍鄰里都不敢惹她，
唯有那個不怕死的齊康例外——
這男人看著像京城的貴公子哥兒，卻跑來這窮鄉僻壤當縣令，
甫新官上任，就插手管她的家務事，
一把摺扇天天拿在手上，冬天也不嫌風大？
其他女子看到齊康都臉紅心跳，就她沈瑜不買單，
她忙著用她的「法寶」開荒種田、種靈芝，偶爾行俠仗義，
誰知他竟還對她起了興趣，引來不少流言蜚語，
要不是她得靠他這位縣令買田地發大財，她才不想跟他有什麼瓜葛！

文創風 1123

下堂妻幫夫改命 下

國家圖書館出版品預行編目資料

下堂妻幫夫改命 / 樂然著. --
初版. -- 臺北市 : 狗屋出版社有限公司, 2022.12
冊 ; 公分. --（文創風 ; 1122-1123）
ISBN 978-986-509-382-2（下冊 : 平裝）. --

857.7　　111018680

著作者	樂然
編輯	黃鈺菁
校對	沈毓萍
發行所	狗屋出版社有限公司
地址	台北市104中山區龍江路71巷15號1樓
電話	02-2776-5889～0
發行字號	局版台業字845號
法律顧問	蕭雄淋律師
總經銷	知遠文化事業有限公司
電話	02-2664-8800
初版	2022年12月
國際書碼	ISBN-13　978-986-509-382-2

本著作物由北京晉江原創網絡科技有限公司授權出版

定價270元
狗屋劃撥帳號：19001626
網址：love.doghouse.com.tw　E-mail：love@doghouse.com.tw